Огни

契诃夫小说选集

灯 光 集

〔俄〕契诃夫 著

汝龙 译

人民文学出版社

图书在版编目（CIP）数据

契诃夫小说选集．灯光集/（俄罗斯）契诃夫著；汝龙译．—北京：人民文学出版社，2021
ISBN 978-7-02-012933-1

Ⅰ.①契… Ⅱ.①契…②汝… Ⅲ.①短篇小说—小说集—俄罗斯—近代 Ⅳ.①I512.44

中国版本图书馆CIP数据核字（2017）第136034号

策划编辑	张福生
责任编辑	李丹丹
装帧设计	刘　静
责任印制	王重艺

出版发行	人民文学出版社
社　　址	北京市朝内大街166号
邮政编码	100705
网　　址	http://www.rw-cn.com
印　　刷	三河市博文印刷有限公司
经　　销	全国新华书店等
字　　数	85千字
开　　本	787毫米×1092毫米　1/32
印　　张	7
印　　数	1—3000
版　　次	2021年4月北京第1版
印　　次	2021年4月第1次印刷
书　　号	978-7-02-012933-1
定　　价	29.00元

如有印装质量问题，请与本社图书销售中心调换。电话：010-65233595

目　　次

灯光 …………………………… 1

没有结局的故事 ………………… 78

太早了！ ………………………… 97

市民 ……………………………… 109

一个文官的死 …………………… 123

粉红色长袜 ……………………… 130

瑞典火柴 ………………………… 138

男孩们 …………………………… 185

难处的人 ………………………… 199

灯　　光

门外有一条狗不安地叫起来。工程师阿纳尼耶夫带着他的助手,大学生冯·希千堡,以及我,一齐走到小屋外面,看一看那条狗在对谁吠叫。我是在小屋里做客的,原可以不出去,可是,说实话,我喝了点葡萄酒,头有点晕,也愿意出去吸点新鲜空气。

"根本就没有人……"我们走到外面,阿纳尼耶夫说,"你为什么空叫一阵,阿左尔卡?傻瓜!"

四周围一个人也看不见。傻瓜阿左尔卡是一条黑毛的看家狗,它大概因为无缘无故地吠叫而想向我们赔罪,胆怯地走到我们面前,摇尾巴。工程师弯下腰去,把手放在它两只耳朵中间,摸了一下。

"你这家伙为什么平白无故地叫一阵呢?"他用好心人跟孩子和狗讲话的声调说道,"你做了噩梦还是怎么的?瞧,大夫,我想请您留心看它一眼,"他对我说,"它是非常神经质的动物!您再也想象不到,它受不了孤独,老是做可怕的梦,梦魇折磨它,每逢你对它叫骂,它就会难过得好像发了歇斯底里。"

"是的,这是一条感情细腻的狗……"大学生也肯定道。

阿左尔卡大概明白这些人在讲它。它就扬起脸,凄凉地哀叫起来,仿佛想说:"是啊,有的时候我难过得不得了,你们要原谅我才好!"

这是个八月的夜晚,天上有星,然而四周黑暗一片。我有生以来从没遇到过眼前我偶尔闯进的这种奇特环境,因此我觉得这个天上有星的夜晚比它实际的情形更荒凉、阴森、黑暗了。眼前我待在一条还在修建中的铁道线上。修完一半的高路堤、沙堆、土堆、碎石堆、小屋、深坑、东一辆西一辆的独轮手推车、工人居住的土屋的平顶,总之,这一片乱糟糟的景象被黑暗涂成同一种颜色,给大地加上某种稀奇古怪的外貌,使人联想到开天辟地以前的洪荒时代。我面前横陈着的这些东西杂乱无章,因此在那片挖掘得很难看而且面目全非的大地上看见人的面影和细长的电线杆,倒会觉得有点奇怪了,这两样东西破坏这个画面的整个格局,几乎并不属于这个世界。四下里静悄悄的,只有电线在我们头顶上很高的地方哼着单调的歌曲。

我们爬到铁道的路堤上,从高处俯览大地。离我们大约五十俄丈远,在洼地、深坑、土堆同漆黑的夜色混成一片的地方,有一个模糊的灯光在闪烁。它后面闪着另一个灯光,再往后又是一个灯光,这后面相距大约一百步远,有两只红眼睛——多半是小屋的两扇窗子——在发光,再过去,那类灯光就成了一长排,越远越密,也越模糊,沿着铁路一直伸展到地平线上,然后往左拐一个半圆,消失在远方的黑暗中。那些灯光一动不动。它们跟夜晚的寂静、电线的悲歌,似乎有着某种共同的东西。仿佛在路堤底下埋藏着一种重大的秘密,只有灯光、夜晚、电线才知道。……

"多么美妙啊,主!"阿纳尼耶夫叹口气说,"这么广大,这么美丽,简直叫人舍不得离开!这是什么样的路堤!老兄,这不能说是路堤,干脆要算是道地的勃朗峰!这条路堤要值几百万呢。……"

工程师喝过葡萄酒,带了点醉意,生出感伤的心情,一面欣赏灯光和值几百万的路堤,一面拍着大学生冯·希千堡的肩膀,用打趣的口吻接着说:

"怎么样,米海洛·米海雷奇,您在深思吗?大概看着自己亲手做出来的事业觉得愉快吧?去年这块地方还是一片荒芜的草原,不见人迹,可是现在您看:又有生活,又有文明!这多么好啊,真的!目前我跟您在修铁路,可是等我们走后,过上一二百年,就会有些好人在此地造工厂,造学校,造医院,热闹起来!不是吗?"

大学生站在那儿一动也不动,手插在衣袋里,眼睛一刻也没离开灯光。他没有听见工程师的话,正在想自己的心事,分明处在既不愿意讲话也不愿意听人说话的心境里。经过很久的沉默后,他回过身来对我轻声说道:

"您知道这种没有尽头的灯光像什么?它们使我不由得想起一种早已死亡的东西,一种几千年前生活过的东西,一种像亚玛力人①或者非利士人②的野营之类的东西。仿佛有个《旧约》里的民族安营扎寨,静等天明,好跟扫罗③或者大卫④交战似的。要完成这个幻景,只差吹喇叭的声音和哨兵们用某种黑人语言互相招呼的声音了。"

"这话不错……"工程师同意说。

这时候,碰巧有一阵风沿着铁道线吹过来,带来一

---

①② 《旧约·撒母耳记》中的两个民族。
③④ 《旧约·撒母耳记》中的两个军事领袖。

种类似兵器叮当碰响的声音。紧接着是沉寂。我不知道工程师和大学生这时候在想什么,我却觉得面前确实出现了那种早已死亡的东西,甚至听见哨兵用我听不懂的语言在讲话。我的幻想迅速地画出帐篷、奇特的人、他们的服装、他们的盔甲。……

"是的,"大学生在沉思中喃喃地说,"在这个世界上,从前有非利士人和亚玛力人生活过,打过仗,起过作用,可是他们现在连影子也不见了。我们日后也会这样。现在我们在修铁路,站在这儿高谈阔论,可是过上两千年,这条路堤也好,那些在繁重的劳动后眼前正在酣睡的人也好,连一点痕迹也没有了。这实在可怕!"

"不过您该丢开这些想法……"工程师用严肃和教训的口气说。

"为什么?"

"因为……这类思想只应当用来结束生活,而不是开始生活。您还很年轻,不该想这些。"

"究竟为什么呢?"大学生又问。

"所有这些想法,例如人生的短暂和毫无价值、生活的没有目标、死亡的不可避免、坟墓里的阴暗等等,我要说,好老弟,有这些高尚的想法在人的老年倒不错,很自然,它们是长久的内心活动和饱经忧患的产物,真正称得上是智慧的财富。然而那些思想对刚刚开始独立生活的年轻头脑来说简直是灾难!灾难!"阿纳尼耶夫反复说着,摆一下手。"依我看来,在您这种年纪,与其顺着这种路子去思索,还不如肩膀上爽性不要有脑袋的好。我是认真跟您说这些话的,男爵。我早就打算跟您谈这个问题了,因为从我们相识的头一天起我就已经看出您喜爱这类该死的想法!"

"主啊,这类想法何以见得就该死呢?"大学生含笑问道,从他的声调和脸色可以看出他答话纯粹是出于礼貌,至于对工程师挑起的争论,他却一点儿也不感兴趣。

我的眼皮合起来了。我渴望散步回去以后,我们立刻互道一声晚安就上床睡觉,可是我的渴望没有很快实现。我们回到小屋里,工程师就把一些空酒瓶收拾到床底下去,从大柳条箱里取出两满瓶酒,打开瓶塞,靠着工作桌坐下,显然打算继续喝酒,谈话,工作。他拿起酒杯呷了几口,用铅笔在图样上画着,继续对大学生说明他的想法不妥当。大学生跟他并排坐着,检查账目,没开口说话。他跟我一样既不想说话,也不想听人家讲话。我不想妨碍他们工作,就离开工作桌,在旁边工程师那张弯腿的行军床上坐下,觉得烦闷无聊,急切地巴望他们叫我上床睡觉。这时候已经有十二点多钟了。

由于没有事情可做,我就观察我的新相识。阿纳尼耶夫也好,大学生也好,我以前都没见过面,直到上述那个夜晚才相识。那天天色很晚的时候,我骑着马从市集上回来,到一个地主家里去做客,可是在暮色中走错了路,辨不清方向了。我沿着铁路线兜圈子,眼看天色黑下来,想起那些"赤脚的铁路上的暴徒",正埋伏着窥伺步行和骑马的旅客,心里害怕,一碰到小屋就动手敲门。在这儿,阿纳尼耶夫和大学生热心地欢迎我。如同素不相识的人们萍水相逢时一样,我们很快就混熟,亲热起来,先是喝茶,后来喝酒,觉得彼此仿佛认识了许多年似的。只过了一个钟头光景,我就已经知道他们是什么人,命运怎样把他们从京城送到遥远的草原上来,他们也知道我是什么人,做什么工作,有什么样的思想了。

工程师尼古拉·阿纳斯达西耶维奇·阿纳尼耶夫身材矮壮,肩膀很宽,从外貌来看已经像奥赛罗那样"落进暮年的山谷",过于肥胖了。他处在媒婆往往称之为"年富力强的男人"的那个时期,那就是说,年纪既不算轻也不算老,喜欢吃点好菜,喝点好酒,赞美过去,走路时有点气喘,睡熟了鼾声很响,至于对待四周的人,他总是流露出安静而且平稳的好心肠,凡是正派人临到升为校官、身子发胖的年纪,都会变成这样。他的头发和胡子离花白还远,然而他已经有点不由自主,往往无意中用老气横秋的态度管年轻人叫作"好老弟",觉得有权利好意地数落他们的思想方式了。他的动作和声调总是平静、安稳、自信的,就跟那些清楚地知道自己已经走上正路、有固定的工作、有固定的收入、对一切事情有固定的看法的人一样。……他那张给太阳晒黑和生着大鼻子的脸、他那肌肉发达的脖子仿佛在说:"我吃得饱饱的,身体健康,心满意足,将来总有一天,你们这些年轻人也会吃得饱饱的,身体健康,心满意足。……"他穿一件花布衬衫,领口开在一侧,下身穿一条肥大的亚麻布长裤,裤腿塞在大皮靴里。从一些小地方,例如他那条线织的彩色腰带、他那绣花的衣领、他胳膊肘上的补丁等,我可以猜出他已经结婚了,他的妻子多半温柔地爱着他。

冯·希千堡男爵的名字和父名为米哈依尔·米海洛维奇,他是交通学院的学生,年纪轻,在二十三岁到二十四岁之间。只有他那淡褐色的头发、稀疏的胡子,也许还该加上他那多少有点粗俗和呆板的面容,才使人想到他出身于波罗的海东部沿海地区的男爵家庭,至于其他的一切,例如他的名字、宗教信仰、思想、风度、脸上的表情,倒跟纯粹俄罗斯人一样了。他也像阿纳尼耶夫那样穿一件花布衬衫,底襟没有塞在裤腰里,脚上穿一双大皮靴,再者他背有点驼,很久没有理发,脸皮晒黑,因此他那模样不像大学生,也不像男爵,却像个普通的俄罗斯帮工。他说话和动作都很少,喝起酒来勉勉强强,没有什么胃口,核对账目也是心不在焉,仿佛一直在想什么心事似的。他的动作和声调也安静,平稳,然而他的平静跟工程师不同,完全是另外一种。他那张晒黑的、微微带点讥诮神情的、若有所思的脸,他那对稍稍带点阴郁神情看人的眼睛,他的整个身躯,都表现他精神的停滞和头脑的怠惰。……他的神情看上去就像是对一切都满不在乎,不管他面前的灯是燃着还是灭了,葡萄酒是好喝还是难于下咽,他核对的账目是对了还是错了,他都无所谓。……我从他聪明而平静的脸上看出他有这样的想法:"固定的工作也好,固定的收入也好,对事物的固定看法也好,我现在看不出这一切有什么好处。这都是胡闹。我原先住在彼得堡,如今坐在此地的小屋里,秋天又要从此地回到彼得堡,然后到春天再回到此地来。……这种事究竟有什么意义,我不知道,而且谁也不知道。……所以谈这些没有什么用处。……"

他听工程师讲话,然而一点也不发生兴趣,只现出敷衍的淡漠神情,就跟武备中学高年级学生听好心肠的长辈唠叨一样。看来,工程师所讲的话在他听来都算不得新奇,要不是因为他懒得讲话,就会说出新奇得多,也聪明得多的话来。可是阿纳尼耶夫却不肯罢休。他已经丢开那种善意的取笑口吻,认真地讲起来,甚至讲得入了迷,这跟他脸上的平静神情却是完全不相称的。显然,他对抽象问题并非不感兴趣,他喜欢这类问题,可是他不善于,也不习惯于谈这些。这种不习惯在他的话语里那么强烈地表现出来,害得我总是一下子弄不明白他想说什么。

"我满心痛恨这种想法！"他说，"我年轻的时候就受过这种思想的害，现在也还没完全摆脱。我对您说吧，也许因为我笨，这些思想才不能为我领会，所以它们除了祸害以外没有给我带来什么别的。这是很容易明白的！关于生活没有目标、尘世毫无意义而且短暂、所罗门的'一切皆空'这类想法过去是而且直到现在还是人类思想领域中最高、最后的阶段。思想家达到这个阶段就停住了！往前没有路可走了。正常的脑筋的活动总是到这儿就结束，这是顺乎自然，合乎常规的。可是我们的不幸就在于我们恰恰从终点开始思索。我们是从正常人结束的地方开始的。我们的脑筋刚刚开始独立活动，我们就一步登天，爬到最高最后的一级，却不肯了解下面的那些级。"

"这又有什么坏处呢？"大学生问。

"可是您要明白，这不正常！"阿纳尼耶夫嚷道，差不多带着愤怒的神情看他，"如果我们用不着走完下面那些级，就想出办法一步登天，那么整个一条长梯子,就是说整个人生,连同它的色彩、声音、思想,对我们来说,就失去任何意义了。在您这种年纪,这样的思想是祸害和荒谬,这您可以从您合理的独立生活的每一步中看出来。假定说,您此刻坐下来看达尔文或者莎士比亚的著作。您刚读完一页,那有毒的思想就露头了:您的漫长的一生也好,莎士比亚也好,达尔文也好,依您看来都无聊,荒唐,因为您知道您日后会死掉,莎士比亚和达尔文也已经死了,他们的思想既没有拯救他们自己,也没有拯救大地,更没有拯救您。既然生活照这样失去了意义,那么知识啦,诗歌啦,崇高的思想啦,等等,都无非是成年的孩童们无益的娱乐,消愁解闷的玩意儿罢了。您看到第二页就看不下去了。又例如,有人到您这儿来,把您看作聪明人,问您,比方说,对战争的看法怎样:战争是不是需要,合不合乎道德?您回答这个可怕的问题的时候,光是耸一下肩膀,说些老套话了事,因为按照您的思想方式,成千累万的人死于暴力也好,寿终正寝也好,完全一个样,不论第

灯 光 集

一种死法还是第二种死法,结果毫无区别:骨灰和忘却。我跟您在修铁路。请问,既然我们知道两千年后这条铁路要化为灰尘,那么我们何必绞尽脑汁,进行发明,鄙弃陈规旧套,怜惜工人,贪污或者不贪污呢?诸如此类,不胜枚举。……您得承认,按照这种不幸的思想方式来看问题,就不会有进步,不会有科学,不会有艺术,连思想本身都不会有。我们自以为比群众,比莎士比亚聪明,可是实际上我们的思想活动不会得出什么成果,因为我们不愿意降到下面那些阶梯上去,而上面又已经没有地方可走,于是我们的脑筋就停在冰点上,一步也动不得了。……从前有六年左右,我一直处在这类思想的支配下,我对着上帝发誓,在那段时期我没读过一本有用的书,也没变得聪明一点,我的道德水平也没提高一分。难道这不是灾难?再者,不光是我们自己受到毒害,我们还给我们四周的人们的生活带来毒害。如果我们抱着我们的悲观主义而屏弃生活,住到山洞里去,或者赶紧死掉,倒也罢了,可是实际上,我们却顺从普遍的规律生活下去,有感情,爱女人,养儿育女,修铁路!"

"我们的思想并不能使人热起来或者冷下去……"大学生勉强说了一句。

"不然。唉,您务必要把这种想法丢开!您还没深切地理解生活。瞧着吧,等您活到我这种年纪,朋友,您才会明白过来!我们这类思想并不像您想的那么无辜。这种思想在实际生活里,在和别人的接触中,只会生出惨事和蠢事来。我就曾经历过那种事,像那样的事,哪怕是歹毒的鞑靼人,我也不希望他们遭到哟。"

"举个例看?"我问。

"举个例看?"工程师重复一遍。他想了一想,含笑说道:"比方就拿那件事来说吧。说得确切些,那不是一件事,而是一篇地道的小说,又有开端又有结局。那是极好的教训!啊,那是什么样的教训呀!"

他给我们,也给他自己斟满酒,伸出手心摩挲他那

宽阔的胸脯,与其说是对着大学生,不如说是对着我,接着讲下去:

"那是在一千八百七十……年夏天,在战争结束以后不久,我刚读完大学。当时我坐火车到高加索去,路上在海滨某城耽搁了五天光景。我得告诉您,我是在那个城里诞生和长大的,因此用不着奇怪,我觉得这个城异常舒适,温暖,美丽,其实对京城人士来说,住在这个城里跟住在什么丘赫洛马①或者卡希拉②一样乏味和不舒适。我带着忧郁的心情走过我往日读过书的中学校,带着忧郁的心情在很熟悉的公园里散步,带着忧郁的心情打算就近观察一下那些我很久没有见过然而还记得的人。……我是带着忧郁的心情对待这一切的。……

"有一天傍晚,我顺便坐车到一个所谓的检疫所去。那是一个不大的、稀疏的小树林。从前,在一个如

---

①② 都是俄国的内地小城。

今已经淡忘的鼠疫流行时期,这个树林里确实有过检疫所,目前却成了别墅客人的居住区。这儿离城有四俄里远,要坐车沿着一条柔软的好路才能到达。人坐在车上,可以看见左边是浅蓝色的海洋,右边是阴沉的无边草原,真是呼吸畅快,眼界开阔。小树林正好坐落在海边。我下车后,走进熟识的大门,头一件事就是顺着林荫路往一个我幼年时很喜欢的、石砌的小亭子走去。依我看来,那个用难看的圆柱支撑着的、笨重的圆亭包含着古墓碑的抒情气氛和索巴凯维奇①的粗糙,是全城最有诗意的一个小角落。它立在岸边一道峭壁上,从那儿可以清楚地看见海洋。

"我坐在一条长凳上,上半身探过栏杆,往下看。亭子旁边有一条小路顺着高陡而几乎垂直的海岸一路下去,两旁是些大土块和牛蒡。小路的尽头在下面很远的地方,那儿有一片沙滩,沙滩上有些不高的海浪懒

---

① 果戈理小说《死魂灵》中的一个地主。

洋洋地吐出泡沫,轻声低吟着。海洋跟七年前我读完中学、离开家乡到京城去的时候一样庄严、阴沉、无边无际。远处有一长缕黑色的浓烟,那是一条轮船在航行,除去这条肉眼几乎看不见的、一动也不动的黑色长带和水面上闪过的浮鸥以外,再也没有别的东西给海洋和天空的单调画面添上一点生气了。在亭子的左右两边伸展着高低不平的土岸。……

"您知道,每逢心境忧郁的人独自面对着海洋,或者面对着他认为宏伟的别的景色,不知什么缘故,他的胸中,除了忧郁以外,总还掺混着一种信念,认为他会在默默无闻中活下去,死掉,于是他信手拿起一管铅笔,赶紧在他随手碰到的东西上写下他的名字。大概就是因为这个缘故,一切类似我的亭子这样孤寂幽静的角落,都涂有铅笔字,布满用削笔刀刻成的字迹。我至今记得很清楚,当时我瞧着栏杆,读道:'伊凡·柯罗尔科夫于一八七六年五月十六日到此一游,书此留念'。柯罗尔科夫旁边,有个当地的梦想家写下自己的姓名,还添上两句诗:'他站在荒凉的浪潮起伏着的海岸旁,心中充满伟大的思想。'①他的笔迹是梦幻的,软绵绵的,就跟浸过水的湿绸子一样。有一个人名叫克罗斯,大概是个十分渺小和微不足道的人,非常强烈地体会到自己的渺小,就施展刀功,把他的名字刻成一俄寸深。我随手从衣袋里取出一管铅笔,也在柱子上写下我的名字。不过这些都跟我讲的事不相干。……请您原谅,我不善于把话讲得简短。……

"我忧郁,而且有点烦闷。烦闷、寂静、海水的呜呜声,渐渐把我引到刚才我们谈到的那种思想上去。那时候,七十年代结尾,那种思想正开始在社会人士当中盛行,后来到八十年代初期,又从社会人士当中渐渐转到文学上,转到科学和政治上去。当时我不过二十六岁,然而我已经清楚地知道,生活没有目标,没有意义,一切都是骗局和幻觉,就本质和结果来说,萨哈林

---

① 引自普希金的长诗《青铜骑士》。

灯 光 集

岛①上的苦役犯生活跟尼斯②的生活一点差别也没有,康德的头脑和苍蝇的头脑之间的区别并没有什么重大的意义,在这个世界上没有一个人是正确的或者有罪的,一切都无聊和无谓,滚它的!我固然在生活,然而我好像借此向一个目力看不见的、逼着我生活下去的力量赏光,仿佛在说:'力量呀,你瞧,我一点也看不起生活,可是我在活下去!'我顺着一条固定的思路思考,然而花样无穷,在这方面我好比精细的美食家,单用土豆就能烧出上百种可口的菜来。毫无疑问,我是偏颇的,甚至多少有点狭隘,然而当时我却认为我思想的天地既没有开头也没有结尾,我的思想像海洋那样辽阔。是啊,我根据自己的体验来下断语,我们所谈的这种思想就它的实质来说自有引人入胜和使人麻醉的地方,就跟烟草或者吗啡一样。它成了习惯,成了必需品。您利用每一分钟孤独的光阴和每一个方便的机会

---

① 中国称为库页岛。
② 法国东南滨海的一个疗养胜地。

让您的思想驰骋,什么生活没有目标啦,坟墓里如何黑暗啦。当时我在亭子里坐着,林荫道上有些生着长鼻子的希腊儿童在规规矩矩地散步。我利用这个方便的机会打量他们,心里暗想:'试问,这些孩子为了什么目的生下来,活下去呢?他们的生存难道有一点点意义吗?他们自己也不知道为什么要长大成人,在这个偏僻的地方毫无必要地活下去,然后死掉。……'

"我甚至恼恨那些孩子,因为他们规规矩矩地走着,庄重地谈着什么,仿佛真的看重他们渺小而没有光彩的生活,知道活着有什么目的。……我记得,远远的,在林荫道的尽头,有三个女人的身影出现了。三位小姐,一位穿粉红色连衣裙,两位穿白色连衣裙。她们挽着胳膊并排走来,一面讲话一面笑。我盯住她们,心里思忖:'现在我烦闷得很,要能找个女人过上一两天风流的生活才好!'

"我顺便想起我已经有三个星期没跟彼得堡那个情妇见面,心想目前搞一段短暂的罗曼司,倒也正是时候。站在当中的那位穿白色连衣裙的小姐显得比她的女朋友们年轻漂亮些,从风度和笑声来判断,她大概是中学校高年级的女生。我带着不纯洁的念头瞧着她的胸部,同时这样想到她:'她学会音乐和礼貌,将来嫁给一个希腊佬(求主宽恕我这样说),过没有必要的、灰色的、愚蠢的生活,自己也不知道为什么生下一群孩子,然后死掉。荒唐的生活啊!'

"总之,必须说,我是一个善于把崇高的思想和最卑下的俗念结合起来的能手。关于坟墓里如何黑暗的思想,并没有妨碍我欣赏女人的胸脯和大腿。我们这位可爱的男爵的崇高思想也一点都没妨碍他每逢星期六总要坐上马车到伏科洛甫卡去干风流韵事。凭良心说,我现在还记得,我当时对待女人的那种态度带有十足的侮辱性。现在,您瞧,我想起那几个女学生就为我当时的想法脸红,然而那时我的良心却平安无事。我是贵族家庭的儿子,又是基督徒,受过高等教育,论天性并不凶恶,也不愚蠢,可是临到我照德国人所说的那样付给女人血腥钱①,或者用侮辱性的目光跟踪女学生,我却没感到一丁点儿的不安。……症结在于,青春自有它的权利,不管这些权利是好的还是可恶的,我们在原则上一概不反对。凡是知道生活没有目标而死亡不可避免的人,对于跟自然做斗争,对于罪恶的观念,总是十分淡漠:斗争也好,不斗争也好,反正你要死掉,烂掉。……其次,我的先生,我们这种思想甚至会在极其年轻的人们心中注入所谓的理性。理性战胜感情,在我们当中十分盛行。直接的感觉和灵感完全被浅薄的分析淹没了。凡是有理性的地方就一定有冷酷,而冷酷的人(这用不着掩饰)是不懂纯洁的。只有热情的、恳切的、善于爱的人才能领会这种美德。第三,我们的思想否定生活的意义,同时也就否定了每个人人格的意义。显然,如果我否定某一位娜达丽雅·斯捷潘诺芙娜的人格,那么她是否遭受侮辱,对我来说,也

---

① 原文为德语。

就完全无所谓了。今天我侮辱她人格的尊严,付给她血腥钱,明天我就把她丢在脑后了。

"我照这样坐在亭子里,观察那几位小姐。林荫路上又出现一个女人的身影,她没戴帽子,头发淡黄色,肩膀上围一块毛线编织的白披巾。她顺着林荫路散步一阵,然后走进亭子,手扶栏杆,淡漠地瞧着下面和远处的海洋。她走进亭子来,却根本没注意我,仿佛没看见我似的。我从脚到头地打量她(不是像打量男人那样从头到脚),发现她年纪轻,至多不过二十五岁,长得俊俏,身材好看,大概已经不是小姐,而是上流人家的太太了。她穿着家常衣服,然而样式时髦,风雅大方,城里有知识的太太们一般都是这样打扮的。

"'瞧,能跟这一位相好才好……'我瞧着她美丽的腰和胳膊,暗想,'倒挺不坏呢。……她多半是医生或者中学教员的老婆吧。……'

"然而跟她相好,也就是说叫她做一次旅客们十分喜爱的临时性风流韵事中的女主角,却不容易,未必办得到。这是我在细看她的脸的时候体会到的。凭她的目光、她的神情看来,仿佛那海洋、那远处的黑烟、那天空,她早已感到厌倦,早已瞧腻了。看来她疲乏,烦闷,心里想着什么不快活的事情。凡是女人,感到身旁有个陌生的男人,几乎都会露出一种心神不定却又勉强装得冷漠的样子,可是她的脸上连这种表情也没有。

"这个金发女人无意间烦闷地瞧我一眼,在一条长凳上坐下,暗自想心事。我从她的眼光看出她根本没有理会我,我和我的京城人的外貌甚至没在她心里引起一点普通的好奇心。可是我仍旧决定跟她攀谈,就问道:

"'太太,请允许我向您打听一下,从这儿到城里去的公共马车几点钟才有?'

"'好像是十点钟或者十一点钟。……'

"我道了谢。她凝神看了我一两次,她那缺乏热情的脸上突然闪过好奇的神情,随后又闪过类似惊讶的表情。……我赶紧装出漠不关心的神态,做出若无其事的姿势。她上钩了！仿佛有个什么东西使劲咬了她一口似的,她忽然离开长凳站起来,温和地微笑着,匆匆地打量我,胆怯地问道：

"'请问,您别是阿纳尼耶夫吧？'

"'是啊,我就是阿纳尼耶夫……'我回答说。

"'那么您不认识我了？不认识了？'

"我有点慌张,仔细看了她一阵。您猜怎么着,我不是从她的脸相,也不是从她的身材,却从她那温和而疲乏的笑容认出她来了。她就是娜达丽雅·斯捷潘诺芙娜,或者照以前大家对她的称呼,也就是基索琪卡,七八年前我还穿着中学生制服的时候没头没脑地热爱过的那个姑娘。这是一件早已过去的事,一件陈年老事。① ……我想起当初这个基索琪卡还是一个十五六岁的女学生时候那副娇小清瘦的模样,那当儿她正合男学生的心意,大自然把她创造出来正是要她作柏拉

---

① 这两句话引自普希金的长诗《鲁斯兰和柳德米拉》。

图式恋爱的对象。那个姑娘多么迷人呀！白净的脸庞，娇弱的身材，潇洒的风度，仿佛您只要对她吹一口气，她就会像一片羽毛似的飞上天去。她的脸容总是显得那么温和而困惑，两只手很小，柔软的长发辫拖到腰带上，腰细得跟黄蜂一样，总之，她像月光那样轻盈而晶莹。一句话，用中学生的观点来看，她是个说不出有多么俊俏的美人。……我当时爱上了她，爱得好苦啊！我晚上睡不着觉，写许多诗。……往往，傍晚时分，她坐在市内公园里一条长凳上，我们这些中学生就围拢她，恭恭敬敬地瞧着她。……我们称赞她，我们装模作样，我们唉声叹气，她呢，在黄昏的潮气当中神经质地缩起身子，眯细眼睛，温和地微笑，在这种时候她非常像一只小小的、好看的猫。我们瞧着她，我们每个人都巴不得把她当作猫，亲近她，摩挲她，因此她得了基索琪卡①这个诨名。

---

① 在俄语中，"基索琪卡"是猫的爱称。

灯　光　集

"我们已经分别七八年,基索琪卡大大变样了。她变得壮实了,丰满了,完全不像一只柔软、蓬松的小猫了。她的脸庞倒没苍老或者憔悴,然而似乎失去原有的光彩,变得严厉了。她的头发显得短,身材却高了,两个肩膀几乎宽了一倍,主要是她脸上已经带着像她这种年纪的上流女人所常有的母性和温顺的神情,当然,这种神情以前我在她的脸上没看见过。……一句话,除了温和的笑容以外,在她身上已经不复存在往日那个女学生和柏拉图式恋爱的对象的痕迹了。……

"我们攀谈起来。基索琪卡听说我已经成为工程师,高兴极了。

"'这多么好哇!'她说,快活地瞧着我的眼睛,'啊,多么好哇!你们全都了不起!你们那一期毕业生,没有一个是失败者,个个都出人头地。有的做了工程师,有的做了医生,有的做了教员,听说有的已经在彼得堡成了著名的歌唱家呢。……你们啊,你们全都了不起!啊,这多么好哇!'

"基索琪卡的眼睛里闪着真诚的快乐和善意。她像姐姐或者往日的女教师那样赞赏我。可是我瞧着她那张可爱的脸,心里却暗想:'今天能把她搞上手才好!'

"'您记得吗,娜达丽雅·斯捷潘诺芙娜?'我问,'有一回我拿着一捧花和一封信到公园里去送给您。您看过我那封信后脸上现出一副困惑神情。……'

"'不,这我不记得了,'她说着,笑起来,'有一件事我倒还记得:您有一次为我而打算跟弗洛连斯决斗。……'

"'哦,您瞧,这件事我倒不记得了。……'

"'是啊,过去的事都过去了……'基索琪卡叹口气说,'从前我是你们的偶像,现在呢,却轮到我来敬仰你们这些人了。……'

"再谈下去,我才知道基索琪卡在中学毕业后大约过了两年就嫁给一个半希腊血统的本地人,这人不是在银行里就是在保险公司里任职,同时兼做小麦生意。他的姓有点古怪,好像是普普拉基或者斯卡兰多普洛。……鬼才知道他姓什么,我忘了。……总的说来,基索琪卡很少讲到自己,而且也不乐意讲。话题全集中在我一个人身上。她问我学院的情况、我的同学的情况、彼得堡的情况、我的计划,凡是我讲的话,都在她心里引起热烈的欢乐和赞叹:'啊,这多么好哇!'

"我们走下坡,往海洋走去,在沙滩上散步,然后等到傍晚的潮气从海上吹来,我们才回到坡上。话题始终围绕着我,围绕着过去。我们一直散步到晚霞的光在别墅的窗子上渐渐消退才罢休。

"'到我家里去喝茶吧,'基索琪卡对我提议说,'茶炊一定早就端上桌子了。……只有我一个人在家,'她说,这时候在葱茏的洋槐树林当中出现了她的别墅,'我丈夫老是在城里,一直要到深夜才回来,而且也不是每天都回来,所以,老实说,我闷得要命。'

"我跟在她后面走着,欣赏她的后背和肩膀。听说她嫁了人,我暗自高兴。对临时的风流韵事来说,结过婚的女人倒比小姐们合适得多。听说她丈夫不在家,我也暗自高兴。……然而同时,我又觉得这件风流事不会成功。……

"我们走进正房。基索琪卡的那些房间都不大,天花板很低,家具是别墅里常用的那种(俄国人喜欢把舍不得丢掉而又没处安放的那些不方便的和暗淡无光的笨重家具摆在别墅里),不过从某些小地方仍旧可以看出基索琪卡和她丈夫的光景并不差,每年总要开支五六千卢布。我记得在基索琪卡称之为饭厅的那个房间里,中央放着一张圆桌,不知什么缘故下面有六条腿,上边放着一个茶炊和几个杯子,桌面靠边的地方放着一本翻开的书、一管铅笔和一个笔记本。我朝那本书看了一眼,知道那是玛里宁和布烈宁合著的算术习题集。我现在还记得,那本书翻开的地方正是'按比例分配'。

"'您这是在给谁温课?'我问基索琪卡。

"'我没给谁温课……'她回答说,'这是我自己随

便做着玩的。……我闷得慌,又没有事情可做,想起了旧日,就做一做这些题目。'

"'您有孩子吗?'

"'我生过一个男孩,可是他活了一个星期就死了。'

"我们开始喝茶。基索琪卡钦佩我,又说我做了工程师是多么好,她怎样为我的成就高兴。她讲得越多,微笑得越恳切,我也就越相信我会一无所获地离开她的家。那时候我在搞风流韵事方面已经是个行家,善于准确地估量成功或者失败的机会了。如果您要猎取的是个蠢女人,或者是像您自己一样追求冒险和刺激的女人,或者是您不熟悉的狡猾女人,那您自管大胆指望成功好了。可是如果您遇见的女人并不愚蠢,态度严肃,脸上现出疲乏的温顺和善意,而且她高兴陪着您,主要的是她尊敬您,那么您就该拨转马头往回走。在这种情形下,要想取得成功,所需下的功夫就不止一天了。

"可是在傍晚的灯光下,基索琪卡显得比白天更加招人疼爱。我越来越喜欢她,看来她也喜爱我。况且,那环境也最适合于谈情说爱:她丈夫不在家,仆人也不见,四周静悄悄的。……尽管我不大相信会成功,可还是决定不管三七二十一发动进攻。首先得换上一种随随便便的口气,把基索琪卡那种带抒情意味的严肃心情变成一种比较轻松的心情才行。……

"'我们来改一改话题吧,娜达丽雅·斯捷潘诺芙娜,'我开口说,'我们来谈点快活的事。……首先,请您允许我为了纪念旧日而称呼您基索琪卡。'

"她答应了。

"'请您说说,基索琪卡,'我接着说,'本地的这些娘们儿都是发了什么疯?她们怎么回事啊?从前她们都规规矩矩,守身如玉,现在呢,求上帝怜恤吧,不管你问起谁,人家准会给你讲些吓人的事情,逼得你为人类担惊害怕。……这个小姐跟军官私奔了,那个小姐带着中学生逃跑了。这位太太离开丈夫跟戏子走掉了,那位太太离开丈夫去找军官了,等等,等等。……简直成了传染病!照这样下去,恐怕不久你们这个城里就连一个小姐,一个年轻的妻子也不剩了!'

"我是用庸俗的调皮口气讲这些话的。要是基索琪卡笑着回答我的话,我就会照这样继续说下去:'哼,当心啊,基索琪卡,可别让这儿的军官或者戏子把你拐走!'她就会低下眼睛说:'谁高兴拐带我?有的是比我年轻漂亮的女人哟。……'那我就对她说:'得了吧,基索琪卡,我就是头一个巴不得把您拐走的人!'我们照这样谈下去,到头来我就会大功告成。然而,基索琪卡回答我的却不是笑声,刚好相反,她现出严肃的脸色,叹了口气。

"'人家讲的那些事都是真的……'她说,'我的堂妹索尼雅就是离开丈夫跟演员走掉的。当然,这不好。……每个人都应该承受命运为他安排下的一切,可是我不想批评她们,责怪她们。……有的时候环境比人强!'

"'这话不错,基索琪卡,可究竟是什么环境才会产生这种名符其实的传染病呢?'

"'这很简单,也容易明白……'基索琪卡拧起眉毛说,'我们这些有知识的姑娘和女人简直不知道该怎么办才好。出外去进高等学校或者去做女教员,总之像男人那样有理想,有目标地生活下去,那并不是人人都能办到的。于是只好嫁人。……不过,请问,嫁给什么人呢?你们这班男孩子念完中学就出外上大学,从此再也不回故乡,在京城成了亲,而女孩子却留在这儿!……请问,要她们嫁给谁呢?好,既然没有正派的、有教养的男人,她们就只好嫁给上帝才知道的角色,各式各样的捐客啦,希腊佬啦,都是些只会喝酒,在俱乐部里闹事的家伙。……姑娘们无可奈何,胡乱地嫁出去了。……可是这以后过的是什么样的生活呢?您自己也会明白:受过教育而有教养的女人不得不跟愚蠢的和难处的男人一块儿过日子,那么她一遇见有知识的人,军官,演员,或者医生,自然就会爱上他,原

来的生活她就会觉得不能忍受,她就离开丈夫远走高飞了。可不能责备她们啊!'

"'既是这样,基索琪卡,那又何必嫁人呢?'我问。

"'当然,'基索琪卡叹口气说,'不过要知道,每个姑娘都觉得好歹有个丈夫总比没有强。……总之,尼古拉·阿纳斯达西伊奇,在这儿生活是不愉快的,不愉快得很!做姑娘觉得气闷,嫁了人也还是觉得气闷。……现在大家嘲笑索尼雅,因为她私奔了,而且是跟一个演员私奔的,可是如果把她的灵魂看个明白,就笑不出来了。……'"

门外,阿左尔卡又叫起来。它恶狠狠地不知对什么人狂吠,然后凄凉地哀号,全身猛然撞在小屋的墙上。……阿纳尼耶夫怜悯它,皱起了眉,中断他的故事,走出去了。大约有两分钟光景,可以听见他在门外安慰那条狗:"好狗!可怜的狗!"

"我们的尼古拉·阿纳斯达西伊奇喜欢谈天,"冯·希千堡笑着说,"他是个好人!"他沉默一会儿又补了一句。

工程师回到小屋,给我们的杯子里斟满葡萄酒,含笑摩挲着胸脯,接着说:

"这样,我的进攻就没有成功。我无计可施,只好丢开那些不纯洁的思想,等比较有利的时机再说。我对失败只得听天由命,俗语说得好,'摆一摆手,算了吧'。事情还不仅是这样,在基索琪卡的声调、傍晚的空气和寂静的影响下,我自己也渐渐染上安静的抒情心境。我记得,当时我坐在敞开的窗子旁边的圈椅上,眺望树木和黑下来的天空。槐树和椴树的黑影跟八年前一模一样,而且,像我小时候那样,远处什么地方有人在弹一架破旧的钢琴。人们仍旧保持着在林荫路上散步的习气,不过换了一批人罢了。在林荫路上溜达的不再是我,不再是我的同学,不再是我的热情的对象,却是陌生的中学生,陌生的小姐了。我忧郁起来。我问起旧日的熟人,大约有五次听到基索琪卡回答说:'他死了',我的忧郁就变成只有在追悼好人的安魂祭

灯　光　集

上才会体验到的那种感情。于是我,坐在窗子旁边,瞧着散步的人们,听着钢琴的铿锵声,这才生平头一次亲眼看见一代人怎样急急忙忙地替换另一代人,在人的一生中,哪怕短短的七八年,也会有多么不祥的意义!

"基索琪卡在桌上放了一瓶桑托林酒①。我喝着酒,无精打采,把一件什么事讲了很久。基索琪卡听我讲话,跟先前一样钦佩我和我的才智。然而时光在流逝。天已经黑下来,槐树和椴树的黑影连成一片,人们不再在林荫路上散步,钢琴停下来,只能听见海水的平均的哗哗声了。

"年轻人都是一样的。您对一个年轻人亲热一点,心疼一下,请他喝点葡萄酒,让他知道他招人喜欢,他就会无拘无束地坐在那儿,忘记到了该告辞的时候,尽自讲啊讲的,讲个没完。……主人的眼睛睁不开,到睡觉的时候了,可是他仍旧坐在那儿,讲他的话。我也

---

①　一种甜味的红葡萄酒。

是这样。我无意间看一下表:已经十点半了。我就起身告辞。

"'动身前再喝一杯吧。'基索琪卡说。

"我就喝了一杯动身酒,不料又长谈起来,忘记到了该走的时候,却坐下来。然而后来响起了男人的说话声、脚步声、马刺的磕碰声。有人走过窗口,在大门附近站住。

"'好像是我的丈夫回来了……'基索琪卡听着,说。

"门响了,说话声已经传进前堂,我瞧见两个人走过饭厅门口,一个是身体丰满的黑发男子,生着钩鼻子,戴着草帽,另一个是穿白色军服的军官。他们两人走过门口,只冷淡地瞟一眼我和基索琪卡,我觉得他们似乎喝醉了。

"'这样看来,她对你胡说,你倒听信了!'过了一会儿,传来响亮的说话声,带着浓重的鼻音,'第一,那不是在大俱乐部,而是在小俱乐部。'

"'你在生气,朱庇特,那么你就错了……'另一个笑着说,咳嗽几声,显然是军官的声音,'你听我说,我可以在你家里过夜吗?你说老实话:我不妨碍你吗?'

"'这还要问?!不但可以,甚至非在这儿过夜不可呢。你想喝什么,啤酒还是葡萄酒?'

"他们两人坐的地方跟我们隔着两个房间,说话声音很响,显然没顾到基索琪卡,也没顾到她的客人。然而基索琪卡从她丈夫回来后,却起了显著的变化。起初她脸红,后来脸上现出胆怯的负疚神情。她变得心神不定。我开始觉得她不好意思把她的丈夫介绍给我,她希望我走。

"我就起身告辞。基索琪卡把我送到门外。我清楚地记得当时她那温和忧郁的笑靥和亲切温顺的眼睛,她握着我的手说:

"'大概我们不会再见面了。……好,求上帝保佑您万事如意。谢谢您!'

"没有叹息声,也没有多余的话。她跟我告别的时候,手里举着一支蜡烛,有许多光点在她脸上和脖子上跳动,仿佛在追逐她那忧郁的笑靥。我想起往日人们总想把基索琪卡当作猫一样抚摸几下的时候她是什么模样,再定睛看着现在的基索琪卡,不知什么缘故,记起了她那句话:'每个人都应该承受命运为他安排下的一切',我心里觉得不好受。我凭直觉猜到,而且我的良心也小声对我这个幸运而冷漠的人说:我面前站着一个人,她心好,怀着善意,充满热爱,却又苦恼不堪。……

"我点了点头,往大门口走去。天已经黑了。在南方,七月间的傍晚来得早,天色黑得快。将近十点钟就黑得伸手不见五指。我几乎摸着黑走到大门口,一路上大约划了二十根火柴。

"'马车!'我走出大门外叫道。既没有说话声也没有叹息声来回答我。……'马车!'我又叫一遍,'喂!公共马车!'

"可是这儿既没有出租马车,也没有公共马车,只有坟墓般的寂静。我仅仅听见带着睡意的海洋发出呜咽声,酒后我的心怦怦地跳。我抬起眼睛看天空,天上一颗星也没有。夜色又黑又阴沉。看来天空布满了云。不知什么缘故,我耸了耸肩膀,不禁傻笑起来,再一次叫马车,然而声调已经不那么坚决有力了。

"'马!'回声回答我。

"在旷野上步行四俄里路,而且是摸着黑走,那却是一想起来就不愉快的事。我下决心徒步赶路以前,考虑了很久,呼唤马车,后来耸动着肩膀,懒洋洋地走回小树林,心里并没有什么明确的目的。小树林里黑得可怕。从树干之间望出去,这儿那儿,现出别墅里红光闪烁的窗子。有一只乌鸦被我的脚步声惊醒,看见我要照亮通到亭子去的路而划亮火柴,害怕了,从这棵树飞到那棵树上,擦着树叶发出沙沙的响声。我心里又烦恼又害臊,乌鸦仿佛明白这一点,就嘲笑我,呱呱地叫!我烦恼是因为我不得不徒步赶路,我害臊是因为刚才在基索琪卡家里我唠唠叨叨像小孩子一样。

"我走到亭子里，摸到一条长凳，坐下来。下面很远的地方，在浓重的黑暗后边，海洋发出低抑而气愤的咆哮声。我记得，我像瞎子似的既看不见海洋，也看不见天空，我坐在亭子里，却连亭子也看不清，这时候，在整个世界上，我只觉得我那酒后带着醉意的脑海里有些思想在漫游，此外，在下边一个地方，有一种肉眼看不见的力量发出单调的喧闹声。不过，后来我打盹儿的时候，觉得发出喧闹声的好像不是海，却是我的思想，全世界只剩下我一个人了。我照这样把全世界集中在我一个人身上，忘了马车，忘了这座城，忘了基索琪卡，沉浸在一种我十分喜爱的心境里。这就是您觉得在黑暗而不定形的整个宇宙里只生存着您一个人的时候您那种可怕的孤独心境。这是一种骄傲而险恶的心境，只有俄国人，思想感情像他们的平原、树林、白雪那样广阔无垠而且严峻，才会有这样的心境。假如我是画家，我就一定要画出一个俄国人盘腿坐着，一动也不动，双手捧住头，沉浸在这种心境里，当时他脸上的表情是什么样儿。……跟这种心境同时出现的,还有生活缺乏目标、死亡、坟墓里的黑暗等等思想……这类思想连一文钱也不值,不过那脸上的表情大概倒很美呢。……

"我坐在那儿打盹儿,一直下不了决心再站起来,我觉得那儿又温暖又安宁,可是,突然间,在平匀单调的海水声中,冒出某些声音,就跟十字布上露出花纹一样,吸引了我的注意,使我不再专心想自己。……原来有人沿着林荫路匆匆地走来。这个人走到亭子跟前,站住了,像小姑娘似的呜咽起来,用小姑娘般的哭声说:

"'我的上帝,这种生活究竟到什么时候才了结啊?主!'

"凭她的说话声和哭声来判断,这人像是个十岁到十二岁的姑娘。她犹豫不决地走进亭子,坐下来,又像祷告又像诉苦地诉说起来。……

"'主啊!'她拖长声音说道,哭了,'这真叫人受不

了！再怎么有耐性也支持不住！我一直忍着，一直沉默，可是，我总得生活下去呀。……啊，我的上帝，我的上帝！'

"她照这样说了许多。……我想看一眼这个姑娘，跟她谈几句话。我怕吓着她，就先大声叹口气，咳嗽一声，然后小心地划亮一根火柴。……明亮的光在黑暗中一闪，照亮了哭着的那个人。原来她就是基索琪卡。"

"真荒谬！"冯·希千堡叹道，"漆黑的夜晚啦，海水的呜咽声啦，受苦的她啦，全世界的孤独集于一身的他啦……鬼才知道是怎么回事！只缺手持短刀的彻尔克斯人了。"

"我跟您讲的不是故事，是实事。……"

"哦，就算是实事吧。……这种事并没有什么意思，大家早就听厌了。……"

"您先别小看这件事，等我讲完再说！"阿纳尼耶夫说道，气恼地摆一摆手，"别打岔，劳驾！我不是讲给您听,而是讲给这位大夫听的。……喏,"他接着对我讲下去,斜起眼睛瞟一下大学生,大学生低下头去算他的账,好像挖苦了工程师觉得很痛快似的,"喏,基索琪卡瞧见我,并不吃惊,也不害怕,倒好像早就知道会在亭子里看见我似的。她呼吸急促,周身发抖,仿佛害着热病。她脸上沾着泪痕,我接连划亮几根火柴,仔细端详,却看出已经不是先前那张聪明、温顺、疲乏的脸,换了一种我至今也没弄明白的模样了。那张脸既没表现痛苦,也没表现不安,更没表现悲伤,跟她的话语和眼泪所表现的全不一样。……老实说,大概就因为我不了解,我才觉得那张脸显出一副呆相,像喝醉了酒似的。

"'我再也受不住了……'基索琪卡用姑娘那样的哭声嘟哝说,'我已经耗尽了力量,尼古拉·阿纳斯达西伊奇!请您原谅,尼古拉·阿纳斯达西伊奇。……我不能再这样生活下去。……我要到城里找我的母亲去。……请您送我去。……请您看在上帝分上送我

去吧!'

"我一见到别人哭,就说不出话来,同时又没法保持沉默。我惘然失措,为安慰她而含含糊糊地说了些废话。

"'不,不,我要找我的母亲去!'基索琪卡坚决地说,站起来,使劲抓住我的胳膊(她的手和衣袖都给眼泪沾湿了),'请您原谅我,尼古拉·阿纳斯达西伊奇,我要去。……我再也受不住了。……'

"'基索琪卡,这儿可是一辆马车也没有!……'我说,'您怎么去呢?'

"'没关系,我走着去。……那儿不算远。……我再也受不下去了。……'

"我很窘,然而并不感动。基索琪卡的眼泪,她的颤抖,她脸上的麻木神情,都使我感到她像在演一出法国的或者小俄罗斯的不严肃的传奇剧,在这种戏里为了表现一丁点儿无聊和廉价的痛苦总要流上一大把眼泪。我不理解她,而且也知道我不理解她,我本来应该沉默才对,可是不知怎么,大概因为害怕我的沉默会给理解成愚蠢吧,总之,我认为我得劝她不要去找母亲,还是留在家里好。哭泣的人是不喜欢外人看见自己流泪的。可是我划亮一根根火柴,一直到火柴盒空了才住手。我为什么需要这种不体谅的亮光,这道理我至今怎么也想不明白。一般说来,冷酷的人是常常会失态,甚至变得愚蠢的。

"最后,基琪索卡挽着我的胳膊,我们就动身走了。我们走出大门,往右拐弯,不慌不忙地走上一条松软的土路。天色很黑,不过等到我的眼睛渐渐习惯了黑暗,我就能看清长在道路两旁的又老又细的橡树和椴树的轮廓了。不久,右边模模糊糊地出现高低不平的黑色陡岸,有些地方被窄而深的峡谷和水沟割断。峡谷旁边,立着不高的灌木,像是一些坐着的人。这使人心惊肉跳。我斜起眼睛怀疑地瞧着那道岸坡,这时候海水的响声和旷野上的寂静不愉快地惊扰我的想象。基索琪卡没有讲话。她不住地发抖,还没有走完半俄里路就四肢无力,气喘吁吁了。我也沉默不语。

"离检疫所一俄里远,矗立着一座四层楼大厦,安着很高的烟囱,从前本是一家蒸气磨面厂,如今没有人住了。它孤零零地立在岸坡上,白天人们从海上,从旷野上远远就可以看到它。这所房子荒废了,里面没有人,只有回声清清楚楚地重复着过路行人的脚步声和说话声,因此它显得很神秘。请您想象一下我的处境吧,我深夜挽着一个从丈夫身边逃走的女人的胳膊,走近那个又长又高的庞然大物,它给我的每一下脚步声添上回声,它那成百扇黑窗子像眼睛般呆望着我。正常的年轻人在这种情形下就会生出浪漫主义的心情,我呢,瞧着那些黑暗的窗子,却暗自想道:'这一切固然动人,可是总有一天,这座大厦也好,基索琪卡以及她的痛苦也好,我和我的思想也好,连一点儿痕迹也不剩。……一切都无谓而空虚。……'

"我们走到磨面厂跟前,基索琪卡忽然站住,放下胳膊,开口说话,然而那已经不是小姑娘的声调,却是

她原来的声调了:

"'尼古拉·阿纳斯达西伊奇,我知道您觉得这有点古怪。可是我不幸极了!您连想都想不出我有多么不幸!这没法想象!我没有对您讲,是因为根本没法讲。……这样的生活,这样的生活啊。……'

"基索琪卡没有把话讲完,却咬紧牙关,不住地呻吟,好像用尽气力,不让自己痛苦得嚷起来似的。

"'这样的生活啊!'她心惊胆战地又说一遍,像是在唱歌,略略带点南方乌克兰口音,这种腔调特别是出自女人的口,总会给她兴奋的话语添上歌唱的味道。'这样的生活啊!唉,我的上帝,我的上帝,这究竟是怎么回事啊?唉,我的上帝,我的上帝啊!'

"她仿佛要解答她生活的秘密似的,困惑不解地耸耸肩膀,摇着头,把两个手掌合在一起。她说话如同唱歌,动作文雅优美,竟使我想起乌克兰一个有名的女演员。

"'主啊,我简直像是掉在深渊里!'她绞着手,接着说,'哪怕只有一分钟能够像别人那样畅快地生活一下也好啊!唉,我的上帝,我的上帝啊!我居然落到这种丢脸的地步,深更半夜当着外人的面离开我的丈夫走掉,像个放荡的女人似的。既然我干得出这种事,还能有什么希望呢?'

"我欣赏她的动作和声调,同时转念想到她跟丈夫相处得不和睦,就突然暗暗高兴。'要是能把她弄上手才好!'这个想法掠过我的心头。这个冷酷无情的想法就此在我的脑子里生下根,一路上再也没有离开过我,弄得我越来越着迷。……

"从磨面厂那儿走完一俄里半,就得往左拐弯,经过墓园,才能到达城里。在墓园拐角上,立着一个使用风磨的石砌磨坊,旁边有一个小屋,住着磨坊的主人。我们经过磨坊和小屋,往左拐弯,走到墓园大门口。基索琪卡在这儿站住,说:

"'我要回去了,尼古拉·阿纳斯达西伊奇!您走您的吧,求上帝保佑您,我可以自己走回去。我不

害怕。'

"'这哪行!'我惊恐地说,'既是要走,还是走吧。……'

"'我不该使性子。……都是为了一些小事。您讲了那些话,使我想起了过去,不免感慨万端。……我心里难过,想哭一场,我的丈夫又当着军官的面对我说了些粗话,我就忍受不住了。……其实,我何必到城里去找我母亲?难道我会因此快活一点吗?应该回家去才是。……不过……我们姑且往前走吧!'基索琪卡说着,笑起来,'反正一个样。'

"我记得墓园的大门上刻着一行字:'时候要到,凡在坟墓里的,都要听见上帝的儿子的声音。'①我清楚地知道:或早或晚,总会有那么一天,我也好,基索琪卡也好,她的丈夫也好,穿白色军服的军官也好,都会躺在围墙里那些乌黑的树木底下。我也知道跟我并排

---

① 这句话出自《圣经·约翰福音》。

走着的是一个不幸的和受了侮辱的人。所有这些我都清楚地意识到,然而同时我心里却有一种强烈的和不愉快的恐惧,使我激动不安,我生怕基索琪卡转身往回走,那我要对她说的话就不能说了。在我的脑子里,以前从来也没有一个时候像这天晚上那样,最高尚的思想和最卑下的兽性俗念竟那么紧密地交织在一起。……这真可怕呀!

"我们在离墓园不远的地方找到一辆马车。我们坐上马车,来到基索琪卡的母亲住着的那条大街,下了马车,沿人行道走去。基索琪卡始终沉默不语,我呢,瞧着她,暗暗生自己的气:'你怎么还不动手干啊?到时候了!'基索琪卡在离我住的旅馆二十步远的地方,在街灯旁边站住,哭起来。

"'尼古拉,阿纳斯达西伊奇!'她说着,又是哭又是笑,她那湿润发亮的眼睛瞧着我的脸。'您的同情,我再也忘不了。……您多么好啊!你们全是了不起的男子汉!正直,慷慨,诚恳,聪明。……啊,这多

么好!'

"她认为我是个有知识的、在各方面都进步的人,她那泪湿的笑脸上除了我在她心中引起的温情和欢乐以外,还流露出哀伤,仿佛在说:她很少看见像我这样的人,上帝没有赐福给她,让她做这样一个人的妻子。她喃喃地说:'啊,这多么好啊!'她脸上那稚气的欢乐、她的眼泪、她那温柔的笑容、她那从头巾里披下来的柔发、她那随随便便戴在头上的头巾本身,在路灯的亮光里,都使我想起先前的基索琪卡,那时候人们像见着猫那样总想摩挲她。……

"我忍不住,就动手摩挲她的头发、肩膀、胳膊。……

"'基索琪卡,你要怎么样呢?'我喃喃地说,'你要我跟你一块儿到天涯海角去吗?我会把你从深渊里拉出来,给你幸福。我爱你。……我们走吧,亲爱的?行吗?好吗?'

"基索琪卡的脸上现出大惑不解的神情。她在路

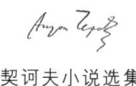

灯底下往后倒退,怔住了,睁大眼睛瞧着我。我抓紧她的胳膊,连连吻她的脸、脖子、肩膀,接连不断地发誓,许下种种诺言。在恋爱方面,盟誓和诺言几乎是日常必需品。缺了它们是不行的。有时候你知道自己在说谎,也知道不必许愿,可是你仍旧发誓和许愿。基索琪卡吓呆了,不住地往后退,睁大眼睛看着我。……

"'别这样!别这样!'她喃喃地说着,伸手推开我。

"我紧紧地搂住她。她忽然急得哭起来,脸上又现出先前在亭子里我划亮火柴的时候看见的那种茫然的麻木神情。……我没有征得她的同意,也不容她说一句话,硬拉着她往我的旅馆走去。……她吓呆了,走不成路,我便挽住她的胳膊,几乎硬把她拖去了。……我记得我们上楼的时候,有一个帽子上镶着红帽圈的人惊讶地瞧着我,对基索琪卡点一下头。……"

阿纳尼耶夫涨红脸,不说话了。他在桌旁默默地走来走去,烦恼地搔着后脑壳,有一股冷气掠过他那宽阔的后背,搞得他好几次痉挛地耸动肩膀和肩胛骨。他回忆往事,只觉得害羞,难堪,就极力克制自己。……

"这真不好!"他喝下一杯葡萄酒,摇着头说:"据说大学里讲授妇女疾病之前,总要先讲一段引子,劝告医科大学生给女病人脱衣服、进行诊治以前,先得想到他们自己每个人都有母亲、姊妹、未婚妻。……这种劝告不仅适用于医科大学生,而且对那些在生活当中有各种机会跟女人接触的人也适用。如今我自己有了妻子和女儿,啊,我对这一劝告领会得多么深刻!多么深刻啊,我的上帝!不过,请您听一听后来发生的事吧。……基索琪卡做了我的情妇以后,对这件事的看法却跟我不一样。首先,她热烈而深沉地爱上了我。这件事在我看来不过是普通的风流韵事,逢场作戏罢了,在她看来却成了生活中的大转折。我记得,当时我觉得她仿佛神智失常了。她生平第一次感到幸福,觉得年轻了五岁,脸上现出兴奋欢乐的神色,不知道幸福得怎么办才好,时而发笑,时而哭泣,不住地吐露她的幻想:明天我们动身到高加索去,到秋天从那儿前往彼得堡,我们以后又怎样一同生活。……

"'至于我的丈夫,那你不用担心!'她安慰我说,'他一定会答应跟我离婚。城里人都知道他跟柯斯托维奇家的大女儿私通。办完了离婚手续,我们就结婚。'

"女人在热爱的时候,会像猫那样很快地适应环境,跟人亲近起来。基索琪卡在我的旅馆房间里不过待了一个半钟头,却已经觉得自己像在家里,料理我的东西就跟料理自己的东西一样了。她把我的衣物放进我的皮箱,怪我没有把我那件贵重的新大衣挂在衣钩上,却胡乱丢在椅子上,等等。

"我瞧着她,听她讲话,感到又疲倦又烦恼。我想到一个正派的、诚实的、受苦的女人不出三四个钟头,居然这么轻易地做了她偶然遇见的一个人的情妇,不免有点厌恶。您明白,我是个正派的男人,不喜欢这种事。后来,我还想到,像基索琪卡这样的女人,未免浅薄和不严肃,过分热爱生活,例如对男人的爱情,这实际上不过是小事而已,她却把它抬高到幸福、痛苦、生活的转变上去,这就使我越发不愉快了。……况且,我现在已经得到满足,我就恼恨我自己不该这么糊涂,跟一个我无可奈何、只能欺骗的女人缠在一起。……应当说明一下,尽管我放荡不羁,却做不来假。

"我记得,基索琪卡坐在我的脚旁,把头枕着我的膝头,用充满热爱的、亮晶晶的眼睛瞧着我,问道:

"'柯里亚①,你爱我吗?很爱我吗?很爱我吗?'

"她幸福得笑起来。……我却觉得这未免自作多情,肉麻,不聪明,而且当时我已经有一种心情:对一切事情首先要探索'思想的深度'。

"'基索琪卡,你还是回家的好,'我说,'要不然你家的人说不定会以为你失踪了,跑遍全城找你。再者,

---

① 尼古拉的小名。

你一大早到母亲家去也不合适。……'

"基索琪卡同意我的话。我们在分别之前,说定明天中午我到市立公园去跟她见面,后天我们一块儿到皮亚季戈尔斯克城去。我送她走到街上,我记得,一路上我一直温柔恳切地爱抚她。我想到她这么死心塌地相信我,一时间突然感到歉然,就决定带她到皮亚季戈尔斯克城去,可是我又想起我的皮箱里只有六百个卢布,而且到秋天跟她分手会比现在困难得多,就赶紧把我歉然的心情压下去了。

"我们走到基索琪卡母亲住着的那所房子跟前。我拉一下门铃。等到门里传来脚步声,基索琪卡就突然现出严肃的脸容,看一眼天空,把我当作孩子一样匆匆在我胸前画了几次十字,然后抓住我的手,送到她唇边。

"'明天见!'她说完,走进门去,不见了。

"我穿过大街走到对面人行道上,在那儿瞧这所房子。起先窗子里是黑的,后来有一扇窗子里刚刚点

灯　光　集

燃一根蜡烛,闪着微弱的淡蓝色亮光。烛光渐渐变亮,射出光芒,我看见有些影子跟它一起在房间里活动。

"'他们没料到她会来!'我暗想。

"我回到旅馆房间,脱掉衣服,喝了点桑托林酒,吃了点白天在市场里买来的新鲜的粒状鱼子,不慌不忙在床上躺下,像旅客那样酣畅安稳地睡了一觉。

"早晨我醒来的时候,头痛,心绪恶劣。有一件什么事使得我心神不安。

"'到底是什么事呢?'我问自己,想找出我不安的原因,'什么事弄得我心神不安呢?'

"我认为我不安的原因是:害怕基索琪卡也许会马上来找我,弄得我没法动身,那我就只得在她面前说谎,装腔作势了。我很快穿上衣服,收拾好我的东西,走出旅馆,吩咐看门人把我的行李送到火车站,赶傍晚七点钟那班火车。整个白天我在一个做医生的朋友家里度过,傍晚就离开了这座城。您看得明白,我的思想并没有妨碍我卑鄙而薄情地逃掉。……

"当初我坐在朋友家里,后来我坐马车到火车站去,那种不安一直折磨着我。我感到我怕遇见基索琪卡,怕闹出笑话来。在火车站上我故意躲在厕所里,直到第二遍铃声响才出来。我挤过人群,去上火车,却有一种感觉压在我心上,好像我周身上下,从头到脚堆满了偷来的东西似的。我多么心焦而且害怕地等着第三遍铃声啊!

"后来总算响起那救命的第三遍铃声,火车开动了。我们经过监狱和兵营,到了旷野上,然而使我大吃一惊的是那种不安仍旧没有离开我,我仍旧觉得自己像是一心要逃跑的窃贼。这多么奇怪!我为了排遣这种心情,把心安定下来,就开始眺望窗外的景色。火车沿着海岸奔驰。海面平滑,天空呈现绿松石的颜色,几乎有一半涂抹着温柔的金红色晚霞,它欢乐而平静地映在水面上。水面上,这儿那儿,有些打鱼的小船和木筏,像是一块块黑斑。那干净漂亮像玩具般的城市立在高耸的岸坡上,已经盖上一层傍晚的薄雾。城里教堂的金色拱顶、窗子、树木,映着落日,正在燃烧和熔化,就跟熔解的金子一样。……旷野的气息同海上吹来的温和的潮气掺混在一起。

"火车开得很快。车里响起乘客和列车员的笑声。大家快乐而轻松,可是我那种不可理解的不安却越来越增长。……我瞧着覆盖全城的薄雾,想象在这团雾里,有个女人带着痴呆麻木的面容,在教堂和房屋附近跑来跑去,寻找我,用小姑娘般的声调或者唱歌的音调像乌克兰女演员那样呻吟着:'唉,我的上帝,我的上帝啊!'我想起她昨天把我当作亲人,在我胸前画十字的时候她那严肃的脸容和操心的大眼睛,就不由自主地看了看昨天经她吻过的我那只手。

"'我落进情网了还是怎么的?'我问自己,搔搔自己的手。

"一直到夜晚来临,乘客们都睡熟,只剩下我一个人面对我的良心,我才领悟了先前我怎么也弄不明白的事情。在车厢的微光里,基索琪卡的面影浮现在我的面前，不肯离开我，我这才清楚地体会到我犯了无异于谋杀的罪。我的良心在折磨我。为了消除这种使人不能忍受的心绪，我就振振有词地对自己说，一切都是无聊和空虚，我和基索琪卡都会死掉，腐烂，她的痛苦跟死亡相比简直算不了什么，等等，等等。……我还说：归根结蒂自由意志是没有的，因而我并没有什么过错。然而所有这些理由反而惹得我生气，而且不知怎么，特别迅速地淹没在别的思想里了。我那只被基索琪卡吻过的手使我烦恼。……我时而躺下去，时而坐起来，要不然就到火车站去喝白酒，勉强吃些火腿面包，然后又振振有词地对自己说，生活是没有意义的，可是这都无济于事。我的头脑里充满着一种古怪的，而且不瞒您说，可笑的骚动。许多极其不同的思想乱糟糟地接踵而来，纠缠在一起，互相妨碍，我这个思想家呢，却把前额朝着地，什么也弄不明白，无法将那一团必要的和不必要的思想理出一个头绪来。原来我这个思想家甚至没学会思考的技术，我还不会支配我自己的头脑就跟不会修表一样。我生平第一次热切、紧张地思考,这在我简直像是出了怪事,我暗自思忖:'我发疯了!'凡是平素不动脑筋而只有在紧急关头才动脑筋的人是常常会想到疯狂的。

"我照这样苦恼了一夜,一个白天,又一夜以后,相信我的思考对我很少帮助,我这才恍然大悟,知道我是一个什么样的人了。我这才明白我那些思想连一个小钱也不值,我遇见基索琪卡以前,还没开始思考过,甚至根本不懂什么叫作严肃的思想。如今经历过许多苦恼以后,我才明白我并没有什么信念,也没有什么明确的道德标准,更谈不到心灵,也谈不到理性,我在智力和精神方面的全部财富只限于一些专门知识、不完整的认识、一些对往事的不必要的记忆、一些别人的思想,如此而已,我的心理活动并不复杂,简简单单,十分平常,如同雅库特人一样。……如果我不喜欢作假,不偷东西,不杀人,总之不犯明显的大错误,那也不是由于我的信念的力量(这种信念我是没有的),而纯粹是因为我整个身心浸透了奶妈的神话和劝善的格言。虽然我认为这些东西荒诞不经,可是它们已经深入我的肉和血,尽管我没有感觉到,却一直在生活中指导我的行动。……

"我这才明白我不是思想家,不是哲学家,只是一个玩弄思想的人罢了。上帝赐给我一副俄国人的健全有力的头脑,具有天赋的才能。可是您想想看,这个头脑生存了二十六年,却没受过训练,完全缺乏主见,十分空虚,只是微微洒上了一点工程方面的知识。它年轻,在生理上渴望活动,寻求活动,忽然间,那套漂亮而有味的思想,什么没有目标的生活啦,坟墓里的黑暗啦,完全偶然地从外界落到这个脑子里来了。这个脑子把这套思想贪婪地吸进去,让它占据整个头脑,开始用各种方式玩弄它,就跟猫玩弄老鼠一样。这个脑子里既没有什么学识,也没有什么体系,可是这不要紧。它用它原有的天然力量按照自学者的方式来对付广阔的思想,于是不出一个月这个头脑的主人单用土豆就能做出上百种可口的菜来,自以为是哲学家了。……

"我们这代人把玩世作风,玩弄严肃思想的态度带到了科学、文学、政治中去,带到一切只要他们不懒于去的地方去了。连同玩世作风,这代人还带来了他们的冷酷、烦闷、偏颇,依我看来这已经在群众当中培养了一种以前所没有的对待严肃思想的新态度。

"多亏这一场灾难,我才了解而且认清我的反常和彻底无知。依我现在看来,我的正常思想是直到我从头学起,也就是从我的良心把我赶回那个小城,我不再狡猾地卖弄聪明,而老老实实地在基索琪卡面前忏悔,像小孩一样恳求她原谅,跟她一块儿哭的时候起才开始有的。……"

阿纳尼耶夫简短地讲完他跟基索琪卡的最后一次会晤,就停住了嘴。

"哦……"大学生等到工程师讲完,从牙缝里漏出一个字,"世界上有这样的事!"

他的脸跟先前一样表现出头脑的懈怠,看来阿纳尼耶夫讲的这个故事一点也没有打动他的心。直到工程师休息了一会儿,又开始讲他的思想,重述他先前说过的话,大学生才生气地皱起眉头,从桌旁站起来,走到他的床边去。他铺好床,开始脱衣服。

"看您现在这副神气,好像您真的说服了谁似的!"他气愤地说。

"我说服了谁?"工程师问道,"好老弟,难道我存着这种妄想吗?上帝保佑您!要说服您是不可能的!您只有凭个人的经验和痛苦,才能信服!……"

"再者,您的逻辑也真稀奇!"大学生穿上睡衣,嘟哝说,"照您的说法,您十分不喜欢的那种思想对年轻人极其有害,然而对老年人却是正常的。好像问题在于白头发似的。……这种老年的特权是从哪儿来的?它有什么根据呢?如果这种思想真是毒药,那它对一切人就都有毒。"

"哎,好老弟,不,您可别这么说!"工程师说,狡猾地眯一下眼睛,"您可别这么说!第一,老年人不是玩弄思想的人。他们的悲观思想不是偶然从外界得来,而是从自己头脑的深处生发出来,并且是在他们研究过各式各样的黑格尔和康德,受过许多苦,犯过无数错误,一句话,从最低一级升到最高一级,爬完整个梯子之后才产生出来的。他们的悲观思想有个人的经验和坚实的哲学发展成果作为背景。第二,老年的思想家不像您和我那样,他们的悲观主义不是高谈阔论的资料,而是世界性的痛苦和受难,他们的思想有基督教作基础,因为它来自对人类的爱,来自关怀人类的思想,完全没有在玩弄思想的人那里常常可以见到的利己主义。您藐视生活,恰恰是因为您对生活的意义和目的一无所知,您害怕的只是您自己的死亡罢了。真正的思想家之所以痛苦却是因为大家对真理一无所知,他为所有的人害怕。比方说,离这儿不远,住着一个公家的守林人伊凡·亚历山德雷奇。他是个很好的小老头。以前他曾在某地做过教员,写过一些文章,鬼才知道他原是个什么样的人物,不过他是个极聪明的人,精通哲学。他读过许多书,现在还经常读。喏,不久以前有一天我们在格鲁左夫区碰见他。……那儿正巧在铺枕木和铁轨。这活儿不复杂,然而伊凡·亚历山德雷奇是外行,觉得这近似魔术。一个有经验的工人不消一分钟就能铺好一块枕木,把一根铁轨钉在上面。工人们劲头很高,干得确实熟练而麻利,特别是有一个家伙,用锤子砸钉帽非常灵巧,一锤子就能砸紧,锤子的柄却几乎有一俄丈长,每根钉子也有一英尺①长。伊凡·亚历山德雷奇久久地瞧着这些工人,十分感动,眼睛里含着泪水对我说:'多么可惜啊,这些出色的人也要死!'这样的悲观主义我是理解的。……"

"这些话什么也没证实,什么也没有说明,"大学生说,盖上一条被单,"这都是白费工夫!人人都什么也不懂。什么事都不能靠话语来证明。"

他从被单底下伸出脑袋,抬起头来,生气地皱起眉

---

① 英国长度单位,1英尺等于30.5厘米。

峰,很快地说:

"只有十分天真的人才会相信别人的话语和逻辑,认为它们具有决定性的意义。用话语可以随意证明什么,也可以随意否定什么,不久人们就会把说话的技术改进到这样一种地步,简直能够像数学那么精确地证明二乘二等于七呢。我喜欢听人讲话,也喜欢看书,可是讲到相信,那么多谢多谢,我办不到,也不想办到。我只相信上帝,至于您,哪怕您对我一直讲到基督二次降世,哪怕您再勾引五百个基索琪卡,我大概也只有到神智失常的时候才会相信。……晚安!"

大学生把头蒙在被单里,转过脸去对着墙,有意用这个动作来让人明白他既不愿意听人讲话,自己也不愿意谈话。这场争论到这儿就结束了。

我和工程师躺下来睡觉之前,走出这个小屋。我又看见了那些灯火。

"我们这些闲谈一定使您厌倦了!"阿纳尼耶夫说,打个哈欠,瞧着天空,"嗯,可不是,先生!在这个寂寞无聊的地方,唯一的乐趣也就是喝葡萄酒和高谈阔论了。……好一条路堤啊,主!"我们走到路堤那儿,他感动地说,"这不能算是路堤,简直是阿拉拉特火山①啊!"

他沉默了一会儿,说:

"这些灯光使得那位男爵想起亚玛力人,可是我觉得它们倒像人的思想。……您知道,每个人的思想也像这样分散凌乱,在昏暗中顺着一条直线往一个什么目标伸展过去,什么也没有照亮,更没有照亮黑夜,临到过了老年,就远远地,不知消失到什么地方去了。……不过,哲学也讲得够了!现在该睡觉了。……"

我们回到小屋里,工程师硬要我睡他的床。

"哎,您请!"他央求说,把两只手按在他的心上,"我求求您!至于我,您自管放心。……我哪儿都能睡,而且我还不会马上就睡。……请您赏个脸吧!"

---

① 指土耳其东部的火山,位于亚美尼亚、伊朗交界处附近。

灯　光　集

我同意了,脱掉衣服,躺上床。他却靠着桌子坐下,画他的图。

"我们这班人,老兄,是没有工夫睡觉的,"他等到我躺下,闭上眼睛,就小声说,"谁有妻子,有两个儿女,谁就顾不上睡觉了。他就得供他们吃,供他们穿,还得存下一点钱留到将来用。我呢,有两个孩子,一个儿子和一个女儿。……那个男孩子,是个小坏包,长着一副好相貌。……他还不满六岁,不过我得告诉您,他倒有很不平常的本领了。……我这儿本来有他们的照片,不知放在哪儿了。……啊,我的孩子,我的孩子啊!"

他翻动纸张,找到照片,开始观赏。我睡着了。

我是被阿左尔卡的吠叫声和人们响亮的说话声惊醒的。冯·希千堡只穿着内衣,光着脚,蓬松着头发,站在门口,正在跟一个什么人高声说话。天亮了。……阴暗的蓝色曙光照进门口、窗口和小屋墙上的裂缝,微微照亮我的床、放着纸张的桌子和阿纳尼耶夫。工程师躺在地上,身子下面铺着一件毡斗篷,脑袋底下垫一个皮枕头,挺起肌肉饱满的、毛茸茸的胸膛,睡着了,鼾声很响,闹得我从心里怜惜那个大学生,因为他每天晚上不得不跟这位工程师在一处睡觉。

"我们凭什么要收下?"冯·希千堡叫道,"这不关我们的事!你去找察里索夫工程师!这些锅是从谁那儿运来的?"

"从尼基丁那儿……"一个男低音闷闷不乐地回答说。

"好,那你就去找察里索夫吧。……这不归我们管。你呆站在这儿干什么?赶着车子走开!"

"老爷,我已经到察里索夫老爷那儿去过了!"男低音越发闷闷不乐地说,"昨天一整天顺着铁路线找他老人家,可是到了他老人家的小屋里,人家对我们说,他老人家已经到迪姆科夫区去了。您行行好,收下吧!要我们送到什么时候为止呢?我们沿着铁路线走啊走的,不知道要运到什么地方才算完事。……"

"什么事？"阿纳尼耶夫醒过来，很快地抬起头，用嘶哑的声音问。

"他们从尼基丁那儿运来一些锅子，"大学生说，"要求我们把那些锅子收下。可是我们凭什么收下？"

"叫他们滚蛋！"

"行行好，老爷，把这件事儿了结了吧！这些马有两天没吃东西，东家多半要生气了。要我们把锅子拉回去还是怎么的？既是铁路买下了锅子，就该收下才是。……"

"可是，笨蛋，你得明白这不关我们的事！去找察里索夫！"

"什么事？是谁啊？"阿纳尼耶夫又用嘶哑的声音问道，"见他们的鬼！"他骂着，站起身，往门口走去，"什么事？"

我穿上衣服，大约过了两分钟，也走出了小屋。阿纳尼耶夫和大学生，两人都只穿着内衣，光着脚，正在激烈地对那个乡下人解释着什么，显得很不耐烦；而乡下人站在他们面前，脱掉帽子，手里拿着鞭子，显然没有听懂他们的话。两人脸上都露出正在办一件日常琐事的神情。

"我要你这些锅子有什么用处？"阿纳尼耶夫叫道，"我把它们扣在我脑袋上还是怎么的？要是你没找到察里索夫，那就找他的助手，别来打扰我们！"

大学生看到我，大概想起昨天晚上那一番谈话，于是操心的神情就从他的脸上消失，换上了头脑懈怠的神情。他对乡下人摆一下手，心里不知想着什么事，走到一旁去了。

早晨天色阴沉。沿着昨天晚上灯火照亮的铁路线，聚合了许多刚刚醒过来的工人。空中响起说话声和手推车的吱嘎声。工作日开始了。有一匹瘦小的马，套着绳索马具，已经拉着一车沙土慢腾腾地往路堤走去，用尽气力伸长脖子。……

我开始告辞。……昨天晚上我们说过许多话，可是临到我走时连一个问题也没有解决，如今，到了早晨,整个谈话如同用筛子筛过的一样,在我的记忆里只留下点点灯光和基索琪卡的形象了。我骑上马,最后看一眼大学生和阿纳尼耶夫,看一眼那条神经质的狗和它那双没有光彩仿佛喝醉酒的眼睛,看一眼在早晨的迷雾中显出身影的工人们,看一眼路堤,看一眼那匹伸长脖子的小马,暗自想道:

"这个世界上的事谁也弄不明白!"

等到我用鞭子抽我的马,顺铁路线奔去,等到过了一会儿我看见前面只有一片没有尽头的、阴郁的平原和阴沉寒冷的天空,我就不由得想起昨天晚上谈论的种种问题。我暗自思忖着,而那片被阳光晒枯的平原、辽阔的天空、远处那黑乎乎的一片橡树林、那大雾迷漫的远方,却好像在对我说:"是的,这个世界上的事谁也弄不明白!"

太阳升上来了。……

没有结局的故事

一 场 小 戏

很久以前,一天晚上,时钟刚敲过两点钟不久,突然,我的厨娘出人意外地跑进我的书房,脸色苍白,神情激动,报告我说隔壁那幢小房子的房东,米留契哈老太婆,在她厨房里坐着。

"老爷,她请您到她房子里去一趟……"厨娘气喘吁吁地说,"她的房客出事了。……他开枪自杀了,要不然就是上吊了。……"

"我能有什么办法呢?"我说,"让她去找大夫或者警察吧。……"

"她哪能去找大夫!她上气不接下气,吓得躲到大灶底下去了。……您就去一趟吧,老爷!"

我穿上外衣,往米留契哈的房子走去。我走到房子的旁门跟前,看见旁门开着。我在那儿迟疑不决地站了一会儿,没有摸到扫院人的门铃,索性走进了院子。那里的台阶乌黑,歪歪斜斜,门也没拴上。我推开门,走进穿堂。那儿伸手不见五指,一团漆黑,另外还有扑鼻而来的神香气味。我摸索穿堂的出口,胳膊肘碰到一个铁器,在黑地里撞着一块木板,几乎把它撞倒在地。最后我总算找到一扇门,上面蒙着破烂的毡子,于是我走进一个小小的门厅。

此刻我写的不是一篇圣诞节故事,我也完全无意于吓唬读者,然而我在穿堂里看见的那幅画面却是离奇的,只有死神才画得出来。我面前是一道门,门里边是一个小小的客厅。那儿墙上糊着黑的壁纸,已经褪了色,有三支廉价的蜡烛并排立在那里,微弱的光照着四壁。客厅中央的两张桌子上,放着一口棺材。这三支蜡烛,刚能照亮一张黄中发黑的脸、一张半开半闭的嘴、一个尖鼻子。从那张脸到两只皮鞋的鞋尖上,乱七八糟地盖着一些纱布和薄纱,像是起伏不定的波浪。波浪里露出两只苍白不动的手,手里握着蜡制的小十字架。客厅的幽暗阴森的墙角、棺材外边的圣像、棺材本身,总之,除了微微闪烁的烛火以外,一切都纹丝不动,死气沉沉,就跟在坟墓里一样。

"这岂不是奇迹?"我看见这种出人意外的死亡图景,不由得呆住,暗自想道,"哪能这样快呢?房客刚刚上吊或者开枪自杀,就已经装在棺材里了!"

我往四下里看。左边有一道门,上半部镶着玻璃。右边有一个瘸腿的衣帽架,上面挂着一件旧大衣。……

"给我水……"我听见哀叫声。

哀叫声是从那扇上半部镶着玻璃的房门里传出来的。我推开房门,走进一个小小的房间,那儿一片漆

灯 光 集

黑,只有一个窗子,窗上胆怯地滑过街灯的微弱亮光。

"这儿有人吗?"我问。

我没等回答,就划火柴。火柴一亮,我看见了如下一幅画面:我的脚旁,在血污的地板上,坐着一个人。刚才要是我把步子迈大点,我就会踩在这个人身上了。他把两条腿向前平伸出去,两只手按着地板,使劲扬起他那英俊而死白的脸,脸上长着像墨汁那么黑的胡子。他抬起一对大眼睛瞧着我,我在那对眼睛里看到了无法形容的恐怖、痛苦、祈求。冷汗大颗大颗地顺着他的脸淌下来。他的汗,他脸上的表情,他那硬撑着的胳膊的颤抖,他那气喘吁吁的呼吸,他咬紧的牙关,都说明他痛苦得难忍难熬。他右手旁边一摊血里丢着一支手枪。

"您别走……"等到火柴熄灭,我就听见一个衰弱的声音说,"桌上有蜡烛。"

我点上蜡烛,在房中央站住,不知道该干什么好。我站在那儿,瞧着坐在地板上的人,觉得以前好像在什么地方见过他似的。

"我痛得受不住,"他小声说,"我没有力量再对我自己开枪了。不可理解的优柔寡断啊!"

我脱掉身上的大衣,动手照料病人。我把他像小孩似的从地板上抱起来,放在蒙着漆布的长沙发上,小心地解开他的衣服。等到我把他的衣服脱下来,他就发抖,觉得冷。不过我看见的伤口,却跟病人的颤抖和脸上的表情不相称。伤势很轻。一颗子弹在他左胸第五条肋骨和第六条肋骨之间擦过,只擦破皮和细胞组织,如此而已。我在他上衣的里边口袋附近,在衬里的夹层中找到了那颗子弹。我尽力止住血,拿一个枕头套、一条毛巾和两块手绢做成临时绷带,然后给病人喝水,把门厅里挂着的旧皮大衣拿来盖在他身上。扎绷带的时候我们始终没说一句话。我工作,他躺在那儿不动,眯细眼睛瞧着我,仿佛为他不顺利的自杀和他给我招来的麻烦害臊似的。

"现在请您务必安静地躺着,"我扎完绷带后说,

灯　光　集

"我到药房去一趟,买点药来。"

"不用!"他喃喃地说,抓住我的衣袖,把眼睛睁得老大。

我在他的眼睛里看出了惊恐。他生怕我走掉。

"不用! 请您再待五分钟……十分钟。要是您不嫌弃,就请您坐下别走,我求求您。"

他一面要求,一面发抖,牙齿打战。我听从他的话,在长沙发边上坐下。我们在沉默中过了十分钟。我没开口,光是观看命运出人意外地把我打发来的这个房间。好穷啊! 这个人生着英俊秀气的脸,留着修剪整齐的大胡子,可是他的环境连一个普通的工人也不会羡慕。蒙着长沙发的漆布已经斑驳,上面有许多破洞,一把普通的椅子肮里肮脏,一张桌子上放着些废纸,墙上挂着的石印画难看极了,而这就是我看见的一切。潮湿,阴暗,灰色。

"好大的风!"病人说,没有睁开眼睛,"刮得好响!"

"是的……"我说,"您听着,我觉得我似乎认得您。您去年在鲁哈切夫将军的别墅里参加过业余演出吧?"

"那又怎么样?"他很快地睁开眼睛问。

他脸上掠过了乌云。

"似乎我在那儿见到过您。您是姓瓦西里耶夫吧?"

"就算是这样,那又怎么样?就算您认识我,我也不会因此轻松点。"

"当然不会轻松点,不过我也只是顺便问一句……随口问问罢了。"

瓦西里耶夫闭上眼睛,仿佛怄气似的,扭过脸去对着长沙发的靠背。

"我不理解这种好奇心!"他嘟哝说,"您只差没开口问我是什么原因促使我自杀了!"

一分钟还没过去,他就又扭过脸来对着我,睁开眼睛,用要哭的声调对我说:

"请您原谅我用这种口气说话,不过您会同意,我是对的!问一个囚犯为什么关在监牢里,问一个自杀者为什么向自己开枪,那未免不厚道,而且……不礼貌。这是利用别人的烦恼满足自己无聊的好奇心!"

"您不该激动。……我根本不想问您自杀的原因。"

"您本来会这么问的。……这已经成了人们的习惯。其实何必问呢?就是我对您说了,您也会要么不理解,要么不相信。……老实说,我自己也不理解。……警察局的公文和报纸上常有这样的用语,例如'绝望的爱情'和'毫无出路的贫穷',可是原因是什么,还是不明白。……不论是我,还是您,或是你们那些敢于写《自杀者日记摘录》的编辑部人员,一概不明白原因何在。一个人夺去自己的生命,他的心理状态只有上帝才理解,普通人是不会懂的。"

"这些话讲得很动听,"我说,"不过您不应该多讲话。……"

然而那位自杀者却讲得兴致勃勃。他伸出拳头支着脑袋,继续用害病的哲学家的口吻说:

"人永远也不会明白自杀心理的奥秘!自杀的原因在哪儿?今天这个原因使人拿起手枪来,明天同一个原因却似乎一文不值了。……这大概要看一个人在特定时间的特定情况。……比方拿我来说。半个钟头以前我热切地巴望死,可是现在,蜡烛点起来,又有您坐在我身旁,我就把死丢在脑后了。请您把这种转变解释一下吧!是我变得有钱了呢,还是我妻子复活了?莫非这种亮光,或者有外人在场,就对我发生了影响?"

"亮光确实会影响人……"我不得不说话,就敷衍道,"亮光对人的肌体的影响……"

"亮光的影响。……我们姑且承认这一点吧!不过话说回来,也有在烛光下开枪自杀的!至于在您写的小说里,如果像蜡烛之类的小东西竟然一下子改变了整个戏剧进程,那对您的主人公来说却不大光彩!

这些荒唐事也许自有解释,然而我们解释不了。凡是我们不理解的事,那就无须多问,也无须解释。……"

"对不起……"我说,"不过……从您脸上的神情来判断,我觉得目前您似乎在……装腔作势。"

"是吗?"瓦西里耶夫醒悟过来说,"很可能!我天生虚荣心重,又爱面子。好,要是您相信您的察言观色的本领的话,那您就来解释一下!半个钟头以前我开枪自杀,如今却又在装腔作势。……您来解释吧!"

瓦西里耶夫最后那几句话是用衰弱无力的声调说的。他累了,不再说话。随后是沉寂。我开始观察他的脸。他面色苍白,像是死人。他的生机似乎在熄灭,只有这个"虚荣心重又爱面子"的人所受的痛苦的征象才说明他还活着。看着那张脸,真叫人不寒而栗,然而瓦西里耶夫却还有力量大谈哲理,而且,如果我没看错的话,还有力量装腔作势,那么,要是他自己看见这张脸,真不知会怎样!

"您在这儿没走吧?"他忽然用胳膊肘撑起身子,

问道,"我的上帝啊!您听听那声音吧!"

我开始听。乌黑的窗外,雨点愤怒地抽打着,一刻也不停。风在凄厉愁惨地呼号。

"'我就要变得比雪更白,我的耳朵就要听见快乐和欢欣。'"米留契哈已经回来,正在客厅里用懒散、疲倦的声音念着,她那单调乏味的声音既不提高,也不放低。

"那倒真是快乐的,不是吗?"瓦西里耶夫把惊恐的脸转过来对着我,小声说,"我的上帝啊,人是什么事都会看见,什么话都会听见的!应该把这种混乱谱成乐曲才对!按哈姆雷特的说法,'它就会把无知的人弄得张皇失措,使得耳朵和眼睛丧失功能。'到那时候我会多么了解那种音乐!我的体会会多么深!……现在几点钟了?"

"两点五十五分。"

"离天亮还远得很呢。明天早晨就要出殡。那情景会多么美妙!冒着大雨,踏着泥地,跟在棺材后面一步步地走着。走啊走的,除了阴云密布的天空和满目凄凉的风景以外,什么也看不见。无非是些满身沾满污泥的送丧人、小酒馆、木柴场。……裤子湿到膝部。街道长得没有尽头,时间拖拖拉拉,好比过了一万年,人们态度粗鲁。……心上呢,压着石头,石头!"

他沉默了一会儿,忽然问道:

"您很久没见鲁哈切夫将军了吧?"

"从去年夏天以后就没见过他。"

"他喜欢发脾气,不过他是个可爱的小老头。那么您还在写东西吗?"

"是的,写一点。"

"哦。……您可记得当初我追求齐娜的时候,我怎样跟傻瓜一样,就像一头兴奋的小牛似的在业余演出当中蹦蹦跳跳?那是愚蠢的,不过真好,很快活。……甚至回想起来都能感到一种春天的气息呢。……可是现在!舞台的布景发生了多么急剧的变化!这倒成了您写作的题材!只是您不要异想天开,写什么《自杀者日记》。那已经庸俗,成了陈词滥调。您写一篇幽默的东西吧。"

"您又……装腔作势了,"我说,"您这种处境可没有一点幽默的地方。"

"一点可笑的地方也没有?您是说一点可笑的地方也没有?"

瓦西里耶夫坐起来,他的眼睛里闪着泪光。他那苍白的脸上洋溢着沉痛的委屈神情,下巴开始发抖。

"您嘲笑银行出纳员和负心的妻子怎样骗人,"他说,"可是讲到欺骗,那么,不论哪个银行出纳员,哪个负心的妻子,也及不上我的命运那么厉害地欺骗我!我受到的那种欺骗还没有一个银行存款人受到过,也没有一个戴绿头巾的丈夫受到过!别的都不说,您只体会一下我现在成了多么可笑的傻瓜!去年您亲眼看见,我幸福得不知道该怎么办才好,现在您却亲眼看到……"

瓦西里耶夫的头倒在枕头上,他笑了。

灯　光　集

"比这再荒唐可笑的转折,想都没法想了。头一章:春天,爱情,蜜月……一句话,完全是蜜。第二章:谋差事,进当铺,受穷,跑药房,而且……明天要踩着烂泥走到墓园去。"

他又笑起来。我感到毛骨悚然,就决定走了。

"您听着,"我说,"您在这儿躺着,我到药房去一趟。"

他没回答。我穿上大衣,从他的房间里走出去。我走过穿堂,看一眼棺材和正在念经的米留契哈。不管我怎样注意地看,我也认不出那张黄中带黑的脸就是齐娜,就是鲁哈切夫剧团里活泼而俊俏的少女角色。

"就这样过去了"①,我想。

我走出去,没有忘记随身带走那支手枪,然后我上药房去了。可是我不应该走掉。等到我从药房回来,瓦西里耶夫躺在沙发上已经昏厥过去。绷带给粗鲁地

---

① 原文为拉丁语,全句是"俗世的荣华就这样过去了"。

扯掉了,伤口受到触动,淌出了血。我一直忙到天明才使他清醒过来。他发着高烧,说胡话,浑身发抖,转动着什么也没看见的眼睛望着房间各处,直到清晨来临,教士开始做安灵祭,响起诵读经文的声音,他才清醒过来。

等到瓦西里耶夫的住宅里挤满老太婆和送丧人,棺材抬走,从院子里运出去,我就劝瓦西里耶夫留在家里。可是尽管他伤口疼痛,早晨又阴雨连绵,他却不肯听我的话。他没戴帽子,跟在棺材后面走到墓园去。他一言不发,两条腿勉强迈动,偶尔猛一下抓住他受伤的胸部。他脸上现出极度的冷漠。只有一次,我问他一句无关紧要的话,才使他从麻木的状态中醒过来,他转动眼睛看着马路和灰色的围墙,一刹那间他的眼睛里闪出阴沉的愤恨光芒。

"'车论作坊',"他念着一块招牌上的字说,"文墨不通的大老粗,见他的鬼!"

从墓园里出来,我把他送回家去了。

灯 光 集

———————

从那天晚上起到现在才过了一年,瓦西里耶夫穿在脚上、踩着烂泥送他妻子去下葬的皮靴还没完全穿坏。

目前我要结束这个短篇小说了,他呢,正在我家客厅里坐着弹钢琴,给女客人表演内地小姐们怎样唱哀感缠绵的抒情歌曲。女客人们哈哈大笑,他自己也哈哈大笑。他正兴高采烈哩。

我把他叫到我的书房里来。他显然不满意,因为我害得他离开了愉快的女伴们。他走进我的房间,在我面前站住,摆出没有工夫的姿态。我把这篇小说递给他,要求他读一遍。他因为我是作家,素来抱着迁就的态度,这时候就压下一声叹息,那是懒惰的读者的叹息。然后他在圈椅上坐下,开始阅读。

"见鬼,多么吓人啊。"他微笑着,嘟哝说。

然而他越往下读,脸色也就变得越严肃。最后,在沉重的回忆的压力下,他脸色煞白,站起来,就这么站着继续读下去。他读完,就从这个墙角走到那个墙角。

"这篇小说该怎样结束呢?"我问他说。

"怎样结束?嗯。……"

他打量一下房间,打量一下我,打量一下自己。……他看到自己身上时髦的新衣服,听见女人的笑声,就……往圈椅上一坐,笑起来,就像那天晚上一样。

"是啊,当初我对你说这件事可笑,岂不是说对了?我的上帝啊!那时候我的两肩负着那样的重担,就连象的背也承受不住,我的痛苦鬼才知道有多么深,似乎天下再也没有更深的痛苦了,可是现在痛苦的影踪都到哪儿去了?怪事!看上去,苦难给人留下的烙印似乎一定会永世长存,不可磨灭,无法更改。可是结果怎么样呢?那种烙印如同便宜的鞋掌一样,很容易就磨损了!它一点也没留下来,一丝一毫也没留下来!仿佛那时候我不是受苦,而是在跳玛祖卡舞。人间万物变化无常啊,而这种变化无常真可笑!这倒为幽默作品提供了广阔的园地呢!……那你,老兄,就给他安上一个幽默的结局吧!"

"彼得·尼古拉耶维奇,您很快就来吗?"那些着急的女人招呼我的男主人公说。

"马上就来!"这个"虚荣心重又爱面子"的人说,理着他的领结,"这种事,老兄,可笑而又可怜,可怜而又可笑,可是有什么办法呢?我是人①。……不过我仍然要称赞大自然的这种新陈代谢作用。如果我们的牙痛,我们每个人都有机会经历到的种种惨事,总之各种痛苦的回忆,都在我们心中保留下来,如果所有这些回忆都永世长存,那我们这班俗人在这个世界上的日子可就不好过了!"

我瞧着他笑吟吟的脸,不由得想起一年前他瞧着乌黑的窗子的时候,他眼睛里充满那样的绝望和恐怖。

---

① 原文为拉丁语,全句是"我是人,凡是人的习性我都有"。

我看出他在扮演他平素那种学识渊博的空谈家的角色,打算在我面前卖弄他那些新陈代谢之类的空洞理论,同时我又不由得想起他当初坐在地板上那一摊血里,睁着他那对病态和祈求的眼睛的模样。

"这篇小说该怎样结束呢?"我大声问我自己说。

瓦西里耶夫嘴里吹着口哨,整理着他的领结,往客厅走去。我瞧着他的背影,心里感到懊恼。不知什么缘故我为他过去的痛苦难过,我想起在那个不祥之夜我自己曾经为这个人百感交集,也感到难过。仿佛我失去了什么似的。……

太 早 了!

沙尔诺沃村响起钟声,招人去做礼拜。太阳已经在天边吻着大地,满脸涨得通红,不久就要藏起来了。谢敏的小酒店新近改称饭馆,这个名称跟那糟糕的小木房、脱了草的房顶、一对昏暗不明的小窗子全不相称。如今这个饭馆里坐着两个打猎的农民。其中一个名叫菲里蒙·斯留恩卡,是个六十岁上下的老人,原先是扎瓦林伯爵的家奴,干钳工手艺活,有一个时期在制钉厂里做工,由于酗酒和懒惰而被开除,现在靠他的老妻乞讨过活。他精瘦虚弱,胡子脱得疏疏落落,说起话来带着打呼哨的声音,每说一个字,右脸就抽搐一下,右肩也跟着牵动一下。另一个农民伊格纳特·利亚包夫却身体结实,肩膀很宽。他从来也不做什么事,老是沉默着,如今坐在墙角一大串小面包圈底下。房门朝里敞开,那门就在他身上投下浓重的阴影,因此斯留恩卡和酒店老板谢敏只看得见他带补丁的膝头、又长又粗的鼻子、从他密密层层而没有梳好的乱发里披散到额头上的一大绺头发。谢敏是个矮小有病的人,生着青筋暴起的长脖子和苍白的脸,站在柜台里边,带着悲哀的神情瞧着那串小面包圈,温顺地咳嗽着。

"要是你有头脑的话,现在就仔细想想看,"斯留恩卡对谢敏说,他的脸不住抽动,"那个东西放在你那儿,一点用场也派不上,对你什么好处也没有,我们却用得着。猎人缺了枪就跟诵经士没有嗓子一样。你那脑子应当明白,可你呢,我看,就是不明白,足见你这个人没有真正的头脑。……拿给我!"

"你那管枪可是押在我这儿换了钱的!"谢敏用女

人般尖细的嗓音说,深深地叹了口气,没有让眼睛离开那串小面包圈,"你先把你借去的那一个卢布还给我,再把枪拿走。"

"我一个卢布也没有,谢敏·米特利奇,我当着上帝的面对你说:你还给我那管枪,我今天就跟伊格纳希卡①去打猎,明天再把枪送回来。我说假话就叫上帝惩罚我,我一准送回来。要是我不送回来,就叫我不管在这个世界还是那个世界,都得不到幸福。"

"谢敏·米特利奇,你就拿给他吧!"伊格纳特·利亚包夫用男低音说,从他的声调可以听出他热切地希望他的要求得到满足。

"可是你们要枪干什么?"谢敏说着,叹口气,悲哀地摇头,"现在怎么能打猎呢?外头还是冬天,除了乌鸦和寒鸦以外,没什么可打的。"

"哪是什么冬天?难道这还算是冬天?"斯留恩卡

---

① 伊格纳特的爱称。

说道,伸出手指头剔除烟斗里的烟灰,"时令当然还早,可是山鹬什么时候来,那可说不准。山鹬这种鸟儿,你得守着它才成。一个不巧,你在家里坐着等,它却已经飞过去,你就此错过,那可就只好等到秋天再说了。……真有这样的事! 山鹬比不得白嘴鸦。……去年复活节的前一个星期它就飞来了,前年却一直到复活节后过了一个星期,它才飞来。是啊,你做做好事吧,谢敏·米特利奇,把枪拿给我们! 让我们永世为你祷告上帝吧。说来倒霉,伊格纳希卡也把枪换酒喝了。唉,喝酒的时候倒不觉得怎么样,可是眼下……唉,这东西,这该死的白酒,当初就不该沾! 真的,这是恶魔的血! 拿给我们吧,谢敏·米特利奇!"

"不给!"谢敏说,两只黄手一齐按住胸口,仿佛做祷告似的,"做事得凭良心,菲里蒙努希卡①。……押出去的东西不能白白拿回来,得先付钱才成。……再

---

① 菲里蒙的爱称。

说,你想想看,打鸟干什么?图什么?眼下是大斋节,打了鸟也没法吃啊。"

斯留恩卡跟利亚包夫难为情地面面相觑,叹口气,说:

"我们不过是要在树林里打那些飞过的山鹬罢了。"

"有什么好处呢?这都是胡闹。……按你那种体质,你也不该干这种胡闹的事。……伊格纳希卡呢,倒也怪不得他,他是个头脑糊涂的人,上帝没有给他头脑,可是你,谢天谢地,到底是个老头儿,快要死了。如今你该去做彻夜祈祷才对。"

谢敏提到年老,显然刺痛了斯留恩卡的心。他喀喀地嗽喉咙,皱起额头,足足沉默了一分钟。

"你听我说,谢敏·米特利奇!"他激昂地说,站起来,不光是右脸抽搐,整个脸都在抽搐了,"我说真话,就跟当着上帝的面一样……我说了假话就叫上帝打雷劈死我,过了复活节,斯捷潘·库兹米奇就会给我做轮轴的钱,到那时候我就还你钱,不是一个卢布,而是两个!我说谎就叫上帝惩罚我!我这是在神像面前对你说这话,只求你把枪拿给我!"

"你拿给他吧!"利亚包夫用哀号的男低音说,可以听见他的呼吸多么急促,可以感到他有许多话要说,然而找不到合适的字眼,"拿给他吧!"

"不行,哥儿们,你们不必再求我。"谢敏说,叹口气,悲哀地摇头,"你们别引我犯罪。那管枪我不能给你们。不给钱就把押出去的东西收回,根本就没有这种道理。再说,找这种乐子有什么意思?你们走吧,求上帝保佑你们!"

斯留恩卡用袖子擦擦冒汗的脸,开始热烈地赌咒和央求。他在胸前画十字,对神像伸出胳膊,要他去世的父母来给他做证,可是谢敏仍旧温顺地瞧着那串小面包圈叹气。最后,一直没有动作的伊格纳希卡·利亚包夫猛地站起来,扑通一声跪在酒店老板面前,可是这也无济于事!

灯 光 集

"叫你抱着我那管枪咽了气才好,恶魔!"斯留恩卡说,他的脸和肩膀一齐抽动,"叫你咽了气才好,你这瘟神,强盗的灵魂!"

他嘴里骂骂咧咧,摇着拳头,跟利亚包夫一块儿走出小酒店,在大道当中站住。

"他不给,该死的家伙!"他用要哭的声音说,愤愤不平地瞧着利亚包夫的脸。

"他不给!"利亚包夫用男低音说。

顶远的小木房的小窗子、酒店上面的椋鸟巢、杨树的树梢、教堂的十字架,全都闪着明亮的金光。这时候只能看见半边太阳了,太阳正回到过夜的地方去,眯着眼睛,射出一片红光,仿佛在快活地大笑似的。斯留恩卡和利亚包夫看见太阳右边,离村子两俄里远,现出一片黑压压的树林,明朗的天空有些碎云不知往哪儿奔跑。他们感到今天傍晚一定晴朗,没有风。

"眼下正是时候啊,"斯留恩卡说,脸颊抽搐,"要是能去打一两个钟头的山鹬就好了。那个该死的,他不肯给枪,叫他咽了气才好。……"

"要是趁日落打飞过的山鹬,眼下正是时候……"利亚包夫结结巴巴地说,仿佛费了不小的劲。

他们站了一会儿,两人都没说话,然后走出村外,瞧着那一带黑树林。树林上面,整个天空布满活动的黑点,那是白嘴鸦飞回去过夜。深棕色的耕地上,这儿那儿点缀着一块块白雪,让阳光微微染上一层金黄色。

"去年这时候,我在席甫吉村打山鹬来着,"斯留恩卡沉默很久以后说,"我打着三只哩。"

跟着又是沉默。两个人站住,对树林眺望很久,后来懒洋洋地走动,顺着村外泥泞的大路往前走。

"山鹬多半还没有飞来呢,"斯留恩卡说,"不过也许已经飞过来了。"

"柯斯特卡说还没有来。"

"也许没来。……谁知道呢!这一年跟那一年,情形往往不同。可是,好烂的泥地啊!"

"不过,还是应该去一趟。"

灯　光　集

"可不是,应该去!为什么不去看看呢?尽可以去嘛。咱们不妨到树林里看一看。要是有,就去对柯斯特卡说一声,再不然咱们自己也许能弄到枪,明天再来。真是倒霉呀,求上帝饶恕,必是魔鬼指引我把枪送到酒店去的!我难过得没法对你说了,伊格纳沙①!"

两个猎人照这样谈着,走到树林跟前。太阳已经下山了,留下一长条火光般赤红的晚霞,有些地方给云切断。云的颜色叫人捉摸不定:边缘是红色,然而云本身时而是灰白色,时而是淡紫色,对面又是浅灰色。树林里,在云杉茂密的枝丫当中,在低矮的桦树林底下,已经是一片幽暗,只有边上那些面向太阳的枝条和枝条上面的肥芽、发亮的树皮,才在空中清楚地显出来。四下里有融化的雪水和腐烂的树叶的气味。这儿安安静静,没有一样东西动一动。远处传来白嘴鸦渐渐停息的叫声。

---

① 伊格纳特的爱称。

"现在要是能在席甫吉村打山鹬就好了。"斯留恩卡小声说,战战兢兢地瞧着利亚包夫,"那儿,日落时候可以打着好多山鹬哩。"

利亚包夫也战战兢兢地瞧着斯留恩卡,眼睛都不眨一下,嘻开了嘴。

"这正是好时令哟,"斯留恩卡用颤抖的嗓音小声说,"上帝送来多么好的春天啊。……大概山鹬已经来了。……怎么会不来呢。……如今白天挺暖和了。……早晨有好些仙鹤飞来,多得数不清!"

斯留恩卡和利亚包夫小心地踩着融化的雪,脚陷在淤泥里,沿着树林边沿走了两百步左右,停住脚。他们脸上现出惊恐的神情,好像期待着一种非同寻常的而且可怕的东西。他们站在那儿不动,像是生了根,沉默着,他们的手渐渐做出一种姿势,好像两人都拿着枪,而且扳起了枪机。

一个大阴影从左边爬过来,罩住大地。昏暗的暮色来了。如果往右边看,从灌木丛和树干中间望出去,就可以看见一块块紫红色的晚霞。四下里安静而潮湿。……

"听不见啊。"斯留恩卡小声说,冷得缩起脖子,冻红的鼻子吸溜鼻涕。

不过,他给自己的低语声吓坏,不知朝什么人伸出一个指头,睁大眼睛,闭紧嘴唇。这时候响起轻微的碎裂声。两个猎人意味深长地互相看一眼,他们的眼光告诉对方说这声音没有什么道理,只是一根干枝子或者一块树皮碎裂了而已。黄昏的阴影越来越浓重,红色的晚霞渐渐暗淡,潮湿变得叫人难受了。两个猎人伫立很久,可是他们什么也没听见,什么也没看见。他们随时等着空中会响起一种尖细的哨音,传来一种急叫声,像孩子干哑的咳嗽声那样,然后再响起翅膀的扇动声。

"不,什么也没听见!"斯留恩卡大声说,放下胳膊,开始眨巴眼睛,"大概它们还没来。"

"太早了!"

"说的就是,太早了。……"

两个猎人看不见彼此的脸了。天色很快地黑下来。

"大约还得等五天才成。"斯留恩卡说着,跟利亚包夫一块儿从灌木丛中走出来,"太早了!"

两个人走回家去,一路上再也没有讲话。

市　民

早晨九点多钟。伊凡·卡齐米罗维奇·里亚希凯甫斯基,一个祖籍波兰的中尉,从前头部负过伤,如今在南方一个省城里靠退休金生活,这时候在自己的住所里坐着,靠近一个敞开的窗口,跟一个到他家里来串门的本城建筑师弗兰茨·斯捷潘内奇·芬克①谈天。他们两人把头伸出窗外,瞧着院门那边。院门附近一条长凳上,坐着里亚希凯甫斯基的房东。那是个胖胖

---

① 这是日耳曼人的姓。

的市民,上身的坎肩敞开着,下身穿一条肥大的蓝色裤子,脸上皮肉松弛,冒着汗。这个市民正在深沉地思索什么事,心不在焉地用手杖敲击他的靴尖。

"我跟您说吧,这可是个惊人的民族啊!"里亚希凯甫斯基气愤地瞧着那个市民,嘟哝说,"瞧,这个该死的东西,他在长凳上一坐下,就管保抄着手,一直坐到天黑才算。他们干脆什么事也不干,简直是寄生虫,吃白食的!你这混蛋,要是你在银行里存得有钱,或者自己有农场,由别人替你干活,倒也罢了,可是,你什么也没有,吃别人的饭,欠下一屁股债,弄得一家人挨饿,见你的鬼!您简直不会相信,弗兰茨·斯捷潘内奇,有的时候我气得要命,恨不能跳出窗子,用鞭子把这个恶棍抽一顿才好。喂,为什么你不干活?为什么闲坐着?"

那个市民冷淡地瞧着里亚希凯甫斯基,本想回答几句话,可是没说成,炎热和懒惰使他失掉了说话能力。……他懒洋洋地打个哈欠,在嘴上画个十字,抬起眼睛看着天空,天上有些鸽子在炽热的空间飞来飞去。

灯　光　集

"您不能批评得太严厉,我最可敬的朋友,"芬克说着,叹口气,用手绢擦他那块很大的秃顶,"您要设身处地替他们想一想,如今生意清淡,到处是失业现象,收成欠佳,买卖萧条哟。"

"咦,我的上帝,您说什么呀!"里亚希凯甫斯基愤慨地说,生气地把身上的长袍裹一裹紧,"就算到处都没有工作,没有生意吧,可是他为什么不在自己家里干点活呢?叫鬼剥了他的皮才好!你听着,难道你家里就没有活儿干?你看一看,畜生!你家的门廊坍了,人行道塌下去,成为一条沟了,围墙腐烂了。你照理该动手把这些东西修理一下才对,要是你不会修理,就该到厨房里去给你老婆帮忙。你老婆不停地跑来跑去,一会儿提水,一会儿倒污水。为什么你这混蛋就不替她跑跑腿?而且您要注意,弗兰茨·斯捷潘内奇,他房子附近有三俄亩①的菜园和果园,有猪圈和鸡棚,可是这

---

① 1俄亩等于1.09公顷。

些都白糟蹋了,一点收益也没有。园子里长满杂草,几乎没浇水,菜园里净是些小孩在打球。难道这种家伙不像畜生吗?我跟您说,我这宅子旁边只有半俄亩地,可是您总可以在我这儿见到萝卜啦,生菜啦,茴香啦,葱啦。这个恶棍呢,样样东西都要到市上去买。"

"他是俄罗斯人嘛,谁也没有办法!"芬克说着,鄙夷地笑了笑,"俄国人天生就是这个样子。……他们是些很懒很懒的人!要是把这些产业都交给日耳曼人或者波兰人掌管,不出一年您就会认不得这个城了。"

穿蓝色裤子的市民把一个端着托盘的姑娘叫到跟前,在她那儿买了一戈比的葵花子,嗑起来。

"简直是狗娘养的!"里亚希凯甫斯基生气地说,"瞧,他们只会干这种事!嗑葵花子,谈政治!啊,见鬼去吧!"

里亚希凯甫斯基气愤地瞧着穿蓝色裤子的市民,渐渐兴奋起来,讲得十分起劲,嘴唇上都冒出沫子了。他说话带波兰口音,恶毒地咬清每个字的字音。最后,

他那松垂的下眼皮浮肿起来,他不再讲俄国话里的混蛋、流氓、恶棍,却睁大眼睛,紧张得咳嗽着,用波兰话滔滔不绝地骂起来:

"懒鬼,狗养的!见他们的鬼!"

这些骂人话,那个市民听得很清楚,不过凭他疲惫无力的姿态看来,那些话没对他起什么作用。显然他早已听惯这些话,就跟听惯苍蝇的嗡嗡声一样,认为提出抗议是多余的事了。芬克每次来访,一定会听见这些关于懒惰而一无是处的市民的话,而且每回准定都是这一套。……

"可是……我该走了!"芬克想起他没有闲工夫,说,"再见!"

"您要上哪儿去?"

"我是顺便到您这儿来的。女子中学地下室的墙裂缝了,所以他们叫我赶快去看看。我得去一趟。"

"哼……可我已经吩咐瓦尔瓦拉烧茶炊了!"里亚希凯甫斯基惊讶地说,"您等一等,我们喝够了茶,您再走吧。"

芬克顺从地把帽子放在桌子上,留下来喝茶。喝茶的时候,里亚希凯甫斯基口口声声说这些市民已经堕落得无可救药,只有一条出路,那就是把他们统统抓住,在严厉的押解下送去做苦工。

"求上帝怜恤我们吧!"他激烈地说,"您去问一下坐在那儿的蠢鹅靠什么生活!他把房子租给我做住所,每月收七卢布,他常去参加命名日宴会,这个下流胚就靠这种勾当填饱肚子,见他的鬼!既没有工资,也没有进款。他们不但是懒汉和寄生虫,而且是骗子。他们不时向本城银行借钱,可是他们拿钱做什么用呢?他们无非是动手干投机买卖,例如把牛运到莫斯科去,或者办个用新法榨油的油坊,不过要把牛运到莫斯科去或者要办油坊,人的肩膀上总得有个脑袋,这些流氓呢,肩膀上只有南瓜。当然,做任何买卖,临了都是一场空。……他们白糟蹋了钱,慌了手脚,事后只好跟银行耍赖。你还能指望他们什么呢?他们的房子总是抵押过了再抵押,别的产业又什么也没有,早已吃尽喝光了。这些混蛋,十个倒有九个到处骗钱!欠债不还,这在他们已经成了常规。本城银行承他们的情,只好倒闭了事!"

"昨天我到叶果罗夫家里去过一趟,"芬克打断波兰人的话,想改变一下话题,"您猜怎么着,我们玩'皮克'①,我赢了他六个半卢布。"

"我记得我好像还欠着您一点牌账呢,"里亚希凯甫斯基想起来了,说,"应当赢回来才对。您愿意打一局吗?"

"也许只打一局还行,"芬克踌躇说,"要知道我还得赶到女子中学去呢。"

里亚希凯甫斯基和芬克就在敞开的窗子旁边坐下,开始打皮克。穿蓝色裤子的巾民舒舒服服地伸了个懒腰,于是葵花子壳就从他周身上下纷纷落到了地

---

① 一种纸牌戏。

上。这时候从对面①的院门里走出另一个市民,穿着黄灰色的麻布衣服,留着挺长的胡子。他亲热地眯细眼睛,瞧着穿蓝色裤子的市民,叫道:

"早晨好,谢敏·尼古拉伊奇!我荣幸地庆祝您这个星期四过得万事如意!"

"彼此彼此,卡皮统·彼得罗维奇!"

"请您赏光到我这条长凳上来坐!我这儿凉快!"

蓝色裤子嗽了嗽喉咙,站起来,摇摇摆摆,像鸭子似的穿过街心。

"三张牌的大同花顺……"里亚希凯甫斯基唠叨说,"还有几张皇后……五和十五。……他们在谈政治,这些混蛋。……您听见了吗?他们谈起英国来了。……我有六个红桃。"

"我有七个黑桃。我拿牌。"

"对,您拿牌。您听见没有?他们在骂比康斯菲

---

① 原文为法语。

尔德①呢。他们这些猪猡不知道比康斯菲尔德早已死了。那么我有二十九点。……您出牌。……"

"八……九……十。……是啊,这些俄国人真是叫人奇怪!十一……十二。俄国的懒惰在全世界是独一无二的。"

"三十……三十一。您知道,我恨不能拿一根结实的短鞭子,走出去,收拾他们一下,看他们还谈不谈比康斯菲尔德。嘿,你看他们多么会嚼舌头!嚼舌头比干活儿容易嘛。那么您出了一张梅花皇后,可是我竟没理会。"

"十三……十四。……热得受不了!这么热的天气,坐在长凳上晒太阳,真得是铁打的人才成!十五。"

头一局打完,跟着打第二局,第二局完了又打第三局。……芬克输了,渐渐染上赌博的狂热,忘掉女子中

---

① 比康斯菲尔德(1804—1881),英国爵士,反动政客,做过首相。

学地下室那堵裂开缝的墙壁了。里亚希凯甫斯基一面打牌,一面不时观看两个市民。他看见两人畅快地谈了一阵,走进敞开的院门,穿过肮脏的院子,在一棵白杨的淡淡的树荫下坐下来。到十二点多钟,有个露出棕褐色小腿肚的胖厨娘,在他们面前铺开一块像婴儿被单一样布满棕色斑点的布,端来午饭。他们用木调羹舀着吃,不住地赶苍蝇,同时继续谈话。

"鬼才知道是怎么回事!"里亚希凯甫斯基愤慨地说,"我很高兴,幸好我没有武器或者枪支,要不然我就会开枪打死这些乏货。我有四张王子——十四。您拿牌。……真的,我的小腿肚子甚至不住抽筋哩。我一看到这种混蛋就不能不冒火!"

"您不要激动,这对您有害。"

"求上帝怜恤吧,这种事就连石头都会忍无可忍!"

穿蓝色裤子的市民吃饱了饭,浑身无力,软绵绵的,再加上懒散和吃得过饱,脚步踉跄,穿过街道,回到自己门口,衰弱地往长凳上一坐。他在睡意和蚊子的袭击下挣扎着,无精打采地往四下里张望,仿佛随时等着自己咽气似的。他这种孤苦伶仃的样子弄得里亚希凯甫斯基完全忍不下去了。这个波兰人就把身子探出窗外,唾沫四溅地对他嚷道:

"你吃撑了?嘿,小心肝!小宝贝儿!他撑饱了肚子,如今不知道该拿他的胃怎么办才好!你走开吧,该死的,别让我再看见你!滚开!"

那个市民不痛快地瞧着里亚希凯甫斯基,却没有答话,光是动一动手指头。这时候有个他认得的学生背着书包,走过他面前。市民拦住他,想了很久该问他什么话,然后问道:

"哦,怎么样?"

"没什么。"

"怎么叫没什么?"

"真的没什么呀。"

"哦。……哪一门功课最难?"

"那要看是问谁了。"学生耸耸肩膀说。

"哦……啊……树这个词在拉丁文里怎么说?"

"Arbor."

"嘿。……原来什么都得懂,"蓝色裤子叹道,"什么都得学呀。……了不起,了不起!你妈身体好吗?"

"挺好,谢谢您。"

"哦……好,你走吧。"

芬克输掉两卢布,想起女子中学,吓了一跳。

"天哪,已经三点了!"他嚷道,"可是我怎么还在您这儿坐着不走呢!再见,我要跑了!"

"您就顺便在我这儿吃午饭吧,吃完再走,"里亚希凯甫斯基说,"您来得及的。"

芬克就留下来,不过有个条件:吃午饭不能超过十分钟。可是等他吃完午饭,在一张长沙发上坐了大约五分钟,想着那面裂缝的墙,他就坚决地把头放到枕头上,弄得满房间都是带鼻音的尖厉哨声了。他睡觉的时候,不赞成午睡的里亚希凯甫斯基坐在窗前,瞧着正

在打盹的市民,唠叨说:

"哼,狗养的!你怎么没有活活懒死!一点活儿也不干,精神方面和智力方面的爱好也一点都没有,只知道鬼混。……讨厌东西。呸!"

六点钟,芬克醒过来。

"到女子中学去已经来不及了,"他伸个懒腰说,"只好明天再去,那么现在……我把输的钱赢回来,怎么样?再来一局。……"

九点多钟,里亚希凯甫斯基送客出门,对客人的背影看了很久,唠叨说:

"该死的,在这儿坐了整整一天,什么事也没干。……光知道白拿薪水,见他的鬼。……这个日耳曼猪猡。……"

他看一眼窗外,可是市民已经不在,回去睡觉了。他没有人可骂,在这一天里,他还是头一次闭上嘴,然而过了大约十分钟,他受不住那种盘踞在他心头的苦恼,就推开又旧又破的圈椅,开始嘟哝说:

"你光会占地方,一点用处也没有,老废物!早就该把你烧掉,然而我老是忘记吩咐人把你劈碎当柴烧。不成体统!"

他上床睡下,用手心按一下褥垫的弹簧,皱起眉头,唠叨说:

"该死的弹簧!它通宵磨我的腰。明天我要叫人把褥垫拆开,把你丢掉,这个可恶的破烂货。"

他睡到半夜,梦见他用滚开的水浇那个市民、芬克和旧圈椅。……

一个文官的死

在一个挺好的傍晚,有一个也挺好的庶务官,名叫伊凡·德米特利奇·切尔维亚科夫①,坐在剧院正厅第二排,举起望远镜,看《柯奈维尔的钟声》②。他一面看戏,一面感到心旷神怡。可是忽然间……在小说里常常可以遇到这个"可是忽然间"。作者们是对的:生活里充满多少意外的事啊!可是忽然间,他的脸皱起来,眼珠往上翻,呼吸停住……他取下眼睛上的望远

---

① 这个姓可意译为"蛆"。
② 法国作曲家普兰克特(1848—1903)创作的轻歌剧。

镜,低下头去,于是……阿嚏!!! 诸位看得明白,他打了个喷嚏。不管是谁,也不管是在什么地方,打喷嚏总归是不犯禁的。农民固然打喷嚏,警察局长也一样打喷嚏,就连三等文官偶尔也要打喷嚏。大家都打喷嚏。切尔维亚科夫一点也不慌,拿出小手绢来擦了擦脸,照有礼貌的人的样子往四下里瞧一眼,看看他的喷嚏搅扰别人没有。可是这一看不要紧,他心慌了。他看见坐在他前边,也就是正厅第一排的一个小老头正用手套使劲擦他的秃顶和脖子,嘴里嘟嘟哝哝。切尔维亚科夫认出小老头是在交通部任职的文职将军①勃利兹查洛夫。

"我把唾沫星子喷在他身上了!"切尔维亚科夫暗想,"他不是我的上司,是别处的长官,可是这仍然有点不合适。应当赔个罪才是。"

切尔维亚科夫就嗽一下喉咙,把身子向前探出去,

---

① 旧俄三级以上的文官。

灯 光 集

凑着将军的耳根小声说:

"对不起,大人,我把唾沫星子溅在您身上了……我是出于无心。……"

"没关系,没关系。……"

"请您看在上帝面上原谅我。我本来……我不是有意这样!"

"哎,您好好坐着,劳驾!让我听戏!"

切尔维亚科夫心慌意乱,傻头傻脑地微笑,开始看舞台上。他在看戏,可是他再也感觉不到心旷神怡了。他开始惶惶不安,定不下心来。到休息时间,他走到勃利兹查洛夫跟前,在他身旁走了一会儿,压下胆怯的心情,叽叽咕咕说:

"我把唾沫星子溅在您身上了,大人。……请您原谅。……我本来……不是要……"

"哎,够了。……我已经忘了,您却说个没完!"将军说,不耐烦地撇了撇下嘴唇。

"他忘了,可是他眼睛里有一道凶光啊,"切尔维亚科夫暗想,怀疑地瞧着将军,"他连话都不想说。应当对他解释一下,说我完全是无意的……说这是自然的规律,要不然他就会认为我是有意啐他了。现在他不这么想,可是过后他会这么想的!"

切尔维亚科夫回到家里,就把他的失态告诉他的妻子。他觉得妻子对待所发生的这件事似乎过于轻率。她先是吓一跳,可是后来听明白勃利兹查洛夫是"在别处工作"的,就放心了。

"不过你还是去一趟,赔个不是的好,"她说,"他会认为你在大庭广众之下举动不得体!"

"说的就是啊!我已经赔过不是了,可是不知怎么,他那样子有点古怪。……他连一句合情合理的话也没说。不过那时候也没有工夫细谈。"

第二天,切尔维亚科夫穿上新制服,理了发,到勃利兹查洛夫那儿去解释。……他走进将军的接待室,看见那儿有很多人请托各种事情,将军本人就夹在他们当中,开始听取各种请求。将军问过几个请托事情的人以后,就抬起眼睛看着切尔维亚科夫。

"昨天,大人,要是您记得的话,在'乐园'①里,"庶务官开始报告说,"我打了个喷嚏,而且……无意中溅您一身唾沫星子。……请您原……"

"简直是胡闹。……上帝才知道是怎么回事!您有什么事要我效劳吗?"将军扭过脸去对下一个请托事情的人说。

"他话都不愿意说!"切尔维亚科夫暗想,脸色发白,"这是说,他生气了。……不行,这种事不能就这样丢开了事。……我要对他解释一下。……"

等到将军同最后一个请托事情的人谈完话,举步往内室走去,切尔维亚科夫就走过去跟在他身后,叽叽咕咕说:

"大人!倘使我斗胆搅扰大人,那我可以说,纯粹是出于懊悔的心情!……这不是故意的,您要知道

---

① 旧俄时代夏季露天花园和剧院常用的名字。

才好!"

将军做出一副要哭的样子,摇了摇手。

"您简直是在开玩笑,先生!"他说着,走进内室去,关上身后的门。

"这怎么会是开玩笑呢?"切尔维亚科夫暗想,"根本连一点开玩笑的意思也没有啊!他是将军,可是竟然不懂!既是这样,我也不想再给这个摆架子的人赔罪了!去他的!我给他写封信就是,反正我不想来了!真的,我不想来了!"

切尔维亚科夫这样想着,走回家去。那封给将军的信,他却没有写成。他想了又想,怎么也想不出这封信该怎样写才对。他只好第二天亲自去解释。

"我昨天来打搅大人,"他等到将军抬起问询的眼睛瞧着他,就叽叽咕咕说,"并不是像您所说的那样为了开玩笑。我是来道歉的,因为我打喷嚏,溅了您一身唾沫星子……至于开玩笑,我想都没想过。我敢开玩笑吗?如果我们居然开玩笑,那么结果我们对大人物就……没一点敬意了。……"

"滚出去!!"将军脸色发青,周身打抖,突然大叫一声。

"什么?"切尔维亚科夫低声问道,吓得愣住了。

"滚出去!!"将军顿着脚,又说一遍。

切尔维亚科夫肚子里似乎有个什么东西掉下去了。他什么也看不见,什么也听不见,退到门口,走出去,到了街上,慢腾腾地走着。……他信步走到家里,没脱掉制服,往长沙发上一躺,就此……死了。

粉红色长袜

阴霾的雨天。天空乌云四布,久久不散,看不出这场雨什么时候才会停。房外是稀泥、水洼、淋湿的寒鸦。房间里光线暗淡,冷得很,恨不能生炉子才好。

伊凡·彼得罗维奇·索莫夫在书房里从这个墙角走到那个墙角,抱怨天气。窗上的雨珠和房里的阴暗,使他满心苦恼。他烦闷得难受,没有办法消磨时间。……报纸还没有送来,出外打猎又不行,而且一时还不会开饭。……

书房里不光是索莫夫一个人。在他的写字台旁边坐着索莫夫太太。她是个娇小俊俏的女人,穿着薄罩衫和粉红色长袜。她在专心写信。走来走去的伊凡·彼得罗维奇每次经过她身旁,总要从她肩膀上边望过去,瞧一眼她写的字。他看见歪歪扭扭的大字,字体细长,带着难看的尾巴和小钩。墨点啦,污斑啦,手指印啦,多得不得了。索莫夫太太不喜欢用移行符号,每一行字写到纸边上,就可怕地抽搐起来,像瀑布那样顺流而下了。……

"丽多琪卡,你写了这么多,是写给谁的?"索莫夫瞧见他妻子开始写第六张信纸,问道。

"写给我妹妹瓦丽雅的。……"

"嘿……好长!你给我读一下,也好解解闷!"

"你拿去读吧,只是读起来没什么趣味。……"

索莫夫接过写好的信纸,继续走来走去,开始阅读。丽多琪卡把胳膊肘支在圈椅的靠背上,注视他脸上的表情。他读了头一页,脸就拉长了,现出一种类似惊慌的神情。……读到第三页,索莫夫皱起眉头,慢腾腾地搔后脑壳。他读到第四页,就停住脚,不时害怕地瞧妻子一眼,沉思不语。他略微沉吟一下,叹口气,又开始看信。……他脸上流露出困惑,甚至吓坏了的神情。……

"啊,莫名其妙!"他看完信,把信纸丢在桌子上,喃喃地说,"简直莫名其妙!"

"怎么了?"丽多琪卡惊慌地问。

"怎么了!写满六张信纸,足足耗费了两个钟头,可是……可是等于什么也没写!连一点点思想也没有!读啊读的,越读越糊涂,就跟认茶叶盒上古里古怪、难解的中国字似的!哎呀呀!"

"是的,这是实话,万尼亚①……"丽多琪卡说,涨红了脸,"我写得潦草。……"

"什么潦草?潦草的信总还有含意,有格局,有内容,可是你的信……对不起,我都不知道该叫它什么才

---

① 伊凡的爱称。

好！纯粹是胡说八道！有字,有句子,可是内容却丝毫也没有。你的信从头到尾活像两个顽皮的孩子讲话。一个说:'今天我们家里做油饼!'另一个说:'有个兵到我们家里来了!'淡而无味！拖得很长,反反复复老是那一套。……你那些可怜的思想像筛子里的魔鬼那样蹦蹦跳跳,谁也闹不清事情是从哪儿开头,到哪儿结束的。……哎,怎么能写成这个样子呢?"

"要是我写得细心,"丽多琪卡辩白说,"那就不会出错了。……"

"啊,我还没谈到写错的地方呢！可怜的语法在哇哇地叫呀！没有一行文字不是对语法的侮辱！不用逗点,不用句点,而且别字啊……呸！把'喉咙'写成了'喉龙'。字迹呢？那不是写字,那是要人的命！我不是说着玩的,丽多琪卡。……你这封信惹得我又惊讶又震动。……你别生气,亲爱的,不过我,当着上帝说实话,没料到你的语法这么不通。……可是,论地位,你属于受过教育的知识界,你是念过大学的人的妻子,又是将军的女儿！我说,你上过学没有？"

"那还用问？我是在冯·梅勃恺的贵族女子寄宿学校毕业的。……"

索莫夫耸了耸肩膀,叹口气,继续走来走去。丽多琪卡领会到自己不学无术,害臊了,也不住叹气,低下眼睛。……在沉默中过了十分钟左右。……

"你听我说,丽多琪卡,这真是太可怕了！"索莫夫忽然在妻子面前站住,惊恐地瞧着她的脸说,"要知道你是母亲……明白吗？是母亲！你自己尚且什么都不懂,那你怎么教孩子呢？你脑筋挺好,可是如果连基本知识都没掌握,这种脑筋还有什么用？哦,姑且不谈知识……知识是孩子在学校里也能学到的,可是要知道,你就是在精神方面也有问题！是啊,有的时候你乱说一通,简直叫人听不下去！"

索莫夫又耸了耸肩膀,把身上的长袍裹一裹紧,继续走来走去。……他又心烦又气恼,同时又怜惜丽多琪卡。她没有顶嘴,光是眨巴眼睛。……两个人都感到沉重,痛心。……两个人只顾愁闷,却没留意到光阴在流逝,吃饭的时候到了。……

索莫夫素来喜欢津津有味、心平气和地用餐,这次坐下来吃饭,就喝下一大杯白酒,开始谈别的事情。丽多琪卡听他讲,随声附和,可是菜汤端上来的时候,忽然,她眼睛里满是泪水,抽抽搭搭地哭了。

"这都怪妈不好!"她说,用食巾擦眼泪,"当初大家都劝她把我送进中学,我从中学出来,准定会进高等女校!"

"进高等女校……念中学……"索莫夫喃喃地说,"这未免走极端了,小母亲!穿蓝色长袜①有什么好处呢?蓝色长袜……鬼才知道是怎么回事!男不像男,女不像女,不三不四,非驴非马。……我讨厌蓝色长袜!我决不娶女学究。……"

"谁也闹不清你是怎么回事……"丽多琪卡说,"你

---

① 借喻"女学究"。

看出我没有学问,就生气,同时又讨厌有学问的女人。你看出我信里没有思想,就不高兴,可又反对我上学。"

"你抓住我的语病了,亲爱的。"索莫夫说着,打个呵欠,由于烦闷而给自己斟了第二杯酒。……

在酒足饭饱的影响下,索莫夫变得快活些,和善些,也温柔些了。……他瞧着他那漂亮的妻子带着操心的模样拌凉菜,一股对妻子的爱怜、大度包容、原谅一切的感情,猛然涌上他的心头。……

"我今天平白无故害得她这个可怜虫垂头丧气……"他想,"我何必对她说那么些无聊的话呢?不错,她有点愚蠢,不开窍,见解有点狭隘,不过……话说回来,一枚奖章有正反两面嘛①,另一面的话也该听②。……据说女人的浅薄是由女人的天职决定的,这话倒也许千真万确呢。我们不妨假定,女人生来就是为了爱丈夫,生孩子,切生菜的,那么她要知识有什

---

① 意谓"有一弊必有一利"。
② 原文为拉丁语。

么鬼用场呢？可不是！"

这时候他不由得想起,有学问的女人一般说来都是难于相处的,她们苛刻,严格,寸步不让,而跟有点愚蠢的丽多琪卡一块儿生活,正好相反,倒是蛮轻松的,她什么也不过问,懂得不多,也不挑他的毛病,批评他。跟丽多琪卡相处,倒可以耳目清静,也不致遭到受她控制的危险。……

"去她们的吧,那些聪明而有学问的女人！跟头脑简单点的女人一块儿生活舒服得多,也安宁得多哩。"他暗自想着,从丽多琪卡手里接过一碟童子鸡来。……

他想起有的时候文明的男人很想找个聪明而有学问的女人谈一谈,交流一下思想。……

"那有什么关系？"索莫夫想,"如果打算跟聪明的女人谈话,那我就去找娜达丽雅·安德烈耶芙娜好了……要不然去找玛丽雅·弗兰采芙娜也行。……很简单嘛！"

瑞典火柴①

犯 罪 小 说

一

一八八五年十月六日早晨,某县第二段区警察局长办公室里,走进来一个装束考究的青年人,报告说:他的东家,退役的近卫军骑兵少尉玛尔克·伊凡诺维奇·克里亚乌左夫,遇害身亡。青年人报告这件事的

---

① 即安全火柴。

时候,脸色苍白,极其激动。他双手不住发抖,眼睛里充满恐怖。

"请问,您是什么人?"区警察局长问他说。

"普塞科夫,克里亚乌左夫庄园的总管、农艺师和机械师。"

区警察局长和证人们,会同普塞科夫一起来到出事地点,发现情况如下:克里亚乌左夫所住的厢房四周,围着一群人。出事的消息犹如风驰电掣,传遍附近一带。正巧这天是节日,附近各村的人纷纷赶来,聚在厢房附近。到处是嘈杂声和谈话声。这儿那儿可以见到苍白而带着泪痕的脸。克里亚乌左夫的卧室房门,经查明是锁着的。房门里边,锁眼内插着钥匙。

"显然,坏人是从窗口爬进去,害死他的。"在检查房门的时候,普塞科夫说。

他们走进花园,卧室窗子正对着花园。窗子看上去阴森而凶险。窗上挂着绿色窗帘,褪了色。窗帘的一角略微往外掀起,这就使人看得见卧室里面。

"你们谁在窗口往里看过?"区警察局长问。

"没有人看过,老爷。"花匠叶弗烈木说。他是个身材矮小、头发灰白的小老头,带着退役的军士的面容。"大家的腿打哆嗦,顾不上看了。"

"唉,玛尔克·伊凡内奇,玛尔克·伊凡内奇①啊!"区警察局长瞧着窗口叹道,"我早就对你说过,你的下场好不了!我早就对你说过,可怜的人,可你就是不听!放荡不会有好下场啊!"

"这倒多亏叶弗烈木,"普塞科夫说,"要不是他,我们至今还蒙在鼓里呢。他头一个想起来事情有点蹊跷。今天早晨他来找我,说:'为什么我们的东家睡这么久还没醒?他足足有一个星期没走出卧室了!'他对我说出这句话,就像迎头给我一斧子似的。……立刻有个想法在我心里一闪。……他从上星期六起就没露过面,而今天已经是星期日!七天了,这可不是闹着

---

① 玛尔克·伊凡诺维奇的简称。

玩的!"

"是啊,可怜的人……"区警察局长又叹道,"挺聪明的人,又受过教育,心眼那么好。在朋友们当中,可以说,他是个数一数二的人。可他就是生活放荡,祝他升天堂吧!这我早就料到了!斯捷潘,"区警察局长转过身去对证人说,"你马上坐车到我家里去,打发安德留希卡去找县警察局长,向他报告一声!就说玛尔克·伊凡内奇给人害死了!你再跑到乡村警察那儿去。他为什么坐在家里纳福?叫他到这儿来!然后你自己赶快去找法院侦讯官尼古拉·叶尔莫拉伊奇①,对他说,要他到这儿来!慢着,我来给他写封信。"

区警察局长派人在厢房四周站岗守卫,给侦讯官写了封信,随后到总管家里去喝茶。大约十分钟以后,他坐在凳子上,一点一点地啃着糖块,把像烧红的煤块那么烫的热茶喝下去。

---

① 尼古拉·叶尔莫拉耶维奇的简称。

"是啊……"他对普塞科夫说,"是啊。……他是贵族,又是富人……用普希金的话来讲,可以说是上帝的宠儿呢。可是结果怎么样?一事无成!酗酒啊,放荡啊……现在你瞧!……给人害死了。"

过了两个钟头,侦讯官坐着马车来了。尼古拉·叶尔莫拉耶维奇·楚比科夫(这是侦讯官的姓名)是个高大而结实的老人,年纪有六十岁,已经在他的行业里干了四分之一世纪了。他这个人是以为人正直、头脑聪明、精力充沛、热爱工作而在全县闻名的。同他一起来到出事地点的,还有跟他形影不离的同伴、助手和办事员玖科夫斯基。他是个高身量的青年人,年纪在二十六岁上下。

"真会有这种事吗,诸位先生?"楚比科夫走进普塞科夫的房间里,匆匆同所有的人握手,开口说,"真会有这种事吗?玛尔克·伊凡内奇出事了?给人害死了?不,这不可能!不可能!"

"这事就是怪呀……"区警察局长叹道。

灯　光　集

"我的上帝啊！要知道,上星期五我还在达拉班科沃镇的市集上见过他！我跟他一起,不瞒你们说,还喝过酒呢！"

"这事就是怪呀……"区警察局长又叹道。

大家唉声叹气,心惊胆战,各人喝下一大杯热茶,然后往厢房走去。

"让开！"乡村警察对人群吆喝说。

侦讯官走进厢房,首先着手考察卧室的房门。原来那扇房门是松木做的,涂了黄油漆,没有损坏的痕迹。他们没发现特殊的标记,足以成为任何罪证的线索。他们就动手撬门。

"我请求闲人们走开,诸位先生！"房门经不住长久的敲击和劈砍,终于向斧子和凿子让步而打开后,侦讯官说,"我为侦讯工作的利益要求你们。……警察,不准把人放进来！"

楚比科夫、他的助手和区警察局长推开房门,犹豫不决地一个跟着一个走进卧室里。他们的眼睛遇到如下一幅图景。房间里只有一个窗子,窗旁放着大木床,上面放着很大的羽毛褥垫。揉皱的羽毛褥垫上放着揉皱的被子,乱成一团。枕头丢在地板上,蒙着花布的枕套也揉得极皱。床前小桌上放着一个银怀表和一枚二十戈比银币。桌上还放着几根硫黄火柴。除了床、小桌和仅有的一把椅子以外,卧室里再也没有别的家具。区警察局长往床底下看一眼,瞧见二十来个空酒瓶、一顶旧草帽和一小桶白酒。小桌底下丢着一只皮靴,布满灰尘。侦讯官对房间扫了一眼,皱起眉头,涨红脸。

"那些坏蛋!"他嘟哝着,捏紧拳头。

"可是玛尔克·伊凡内奇在哪儿呢?"玖科夫斯基轻声问道。

"我请求您别打岔!"楚比科夫粗鲁地对他说,"请您检查地板!我办案以来,碰到这样的案情已经是第二次了。叶夫格拉甫·库兹米奇,"他转过身去,压低喉咙,对区警察局长说,"在一八七〇年,我也办过这样一个案子。您一定记得吧。……就是商人波尔特烈托夫凶杀案。那情形也是这样。那些坏蛋把他打死,然后从窗口把他的尸体拖出去了。……"

楚比科夫走到窗前,把窗帘拉到一边,小心地推一下窗子。窗子就开了。

"这个窗子开了,可见本来就没扣上。……嗯!……窗台上有痕迹。看见没有?这是膝盖的痕迹。……必是有人在这儿爬出去过。……应当仔细检查一下窗子。"

"在地板上没发现什么特别的东西,"玖科夫斯基说,"既没有血迹,也没有抓痕。只找到一根点过的瑞典火柴。喏,这就是!我记得玛尔克·伊凡内奇不吸烟。在日常生活里他用硫黄火柴,从没用过瑞典火柴。这根火柴可以作为线索。……"

"哎……你就少说几句吧,劳驾!"侦讯官摇一摇手,"他一个劲儿唠叨他那根火柴!我就受不了这种发热的头脑!您与其找火柴,不如把床检查一遍。"

检查床以后,玖科夫斯基报告说:

"没有血迹,也没有别的什么斑点。……新撕破的裂口也没有。枕头上有牙齿印。被子上洒过一种液体,有啤酒的气味,论味道,也是啤酒的味道。……这张床总的看来,使人有根据认为床上发生过斗殴。"

"就是您不说,我也知道发生过斗殴!谁也没问您斗殴的事。您与其找斗殴的痕迹,还不如……"

"这儿只有一只皮靴,另一只找不到。"

"哦,那又怎么样?"

"那就可见他是在脱皮靴的时候给人活活闷死的。他还没来得及脱另一只皮靴就……"

"胡扯!……您凭哪一点知道他是给人闷死的?"

"枕头上有牙齿印嘛。枕头本身就揉得很皱,况且又扔在离床二点五俄尺的地方。"

"夸夸其谈,这个贫嘴!我们还是到花园里去好。您与其在这儿乱翻,还不如到花园里去检查一下。……这儿的事,没有您,我也能做。"

侦讯人员走进花园里,首先着手考察草地。窗前的青草已经被人踩平。窗下沿墙的一丛牛蒡①也已经被人踩倒。玖科夫斯基在其中找到几根折断的小枝子和一小块棉絮。在上边的花头上找到几根很细的深蓝色毛线。

"他最近穿的一套衣服是什么颜色?"玖科夫斯基问普塞科夫说。

"黄色的,帆布的。"

"好。可见外来的人穿着蓝色衣服。"

他掐下几个牛蒡的花头,细心地把它们包在纸里。这时候县警察局长阿尔齐巴谢夫-司维斯达科夫斯基和医生丘丘耶夫来了。县警察局长同大家打过招呼,立刻去满足他的好奇心。医生却没同任何人打招呼,而且什么话也不问。他是个身量很高而又极瘦的人,眼睛凹进去,鼻子很长,下巴尖尖的。他在树墩上坐下,叹口气说:

---

① 一种带刺的野草。

"塞尔维亚人又闹起来了!他们要怎么样呢?我不懂!唉,奥地利呀,奥地利!这都是你干出来的好事!"

检查窗子的外部,毫无所获。可是,检查草地以及离窗子最近的灌木丛,倒为侦讯工作提供了许多有益的线索。比方说,玖科夫斯基在草地上发现一条又长又黑的地段,血迹斑斑,从窗口直通到花园深处,有几俄丈远。这条狭长地带在丁香花丛那边结束,那儿有一大摊深棕色的污迹。在花丛下找到一只皮靴,同卧室里找到的那只恰好配成一对。

"这是很久以前留下的血!"玖科夫斯基考察那些污斑,说。

医生听到"血"字,就站起来,懒洋洋地瞟一眼污斑。

"对,是血。"他嘟哝说。

"既然有血,可见他就不是闷死的!"楚比科夫恶狠狠地瞧着玖科夫斯基说。

"他们是在卧室里把他闷死的,可是抬到这儿,又怕他活过来,就拿一个尖东西扎他。花丛下面的血迹表明,他在那儿躺得相当久,因为他们在找东西,想法把他从花园里抬出去。"

"哦,那么这只靴子呢?"

"这只靴子进一步肯定了我的想法:他是在临睡以前脱靴子的时候遇害的。当时他已经脱掉一只靴子,至于另一只,也就是这只,他刚来得及脱掉一半。这只脱掉一半的靴子,等到他身体颠动和落地,就自己掉下来了。……"

"好厉害的推想力,瞧瞧您!"楚比科夫冷笑一下说,"他讲得天花乱坠,天花乱坠!您什么时候才能学会不唠唠叨叨发空论?您与其发空论,不如取下点带血的青草来供化验用!"

他们检查完毕,把调查的地点画下草图以后,就动身到总管家去写报告,吃早饭。吃早饭的时候,他们谈起话来。

"那怀表、钱和其余的东西……都安然无恙,"楚比科夫第一个开口说,"这跟二乘二等于四一样清楚:这个凶杀案根本不是见财起意。"

"这个案子是由有知识的人干出来的。"玖科夫斯基插嘴说。

"您根据哪一点得出这个结论?"

"那根瑞典火柴帮了我的忙,本地的农民至今还没学会使用这种火柴。只有地主们才使用这种火柴,而且也不是所有的地主都如此。顺便说一句,这个凶杀案不是由一个人干的,至少有三个人:两个人按住他,另一个人闷死他。克里亚乌左夫力气很大,凶手一定知道这一点。"

"假定说,他睡熟了,那他的力气于他还有什么用?"

"凶手到他那儿去,正赶上他脱皮靴。他在脱皮靴,那么足见他没睡觉。"

"不用想入非非!您还不如吃饭的好!"

灯　光　集

"按我的想法,老爷,"花匠叶弗烈木把茶炊端到桌上来,说,"干这件坏事的不是别人,一定是尼古拉希卡。"

"非常可能。"普塞科夫说。

"这个尼古拉希卡是谁?"

"他是东家的听差,老爷,"叶弗烈木回答说,"要不是他,还会是谁?他是个强盗,老爷!他又是酒鬼,又是色迷,只求圣母保佑,叫世上不要再有这种人才好!平时他总是给东家送酒去,他服侍东家上床睡觉。……不是他还是谁?再者,我斗胆禀告一声,老爷,有一回,他,这个混蛋,在小酒店里夸下海口,说要把东家打死。……这都是阿库尔卡惹出来的事,他们争夺一个娘们儿。……他姘上一个大兵的老婆。……可是东家看中她,跟她亲近,得,他就……当然,冒火了。……现在他醉醺醺地倒在厨房里。他呜呜地哭……假意说他为东家伤心。……"

"确实,为阿库尔卡这种女人是很容易动肝火的,"普塞科夫说,"她是大兵的老婆,是个村妇,不过……难怪玛尔克·伊凡内奇叫她娜娜①。她也真有点像娜娜……媚里媚气的。……"

"我见过她……我知道……"侦讯官说,拿出红手绢来擤鼻子。

玖科夫斯基涨红脸,低下眼睛。区警察局长用手指头轻轻地叩着茶碟。县警察局长开始咳嗽,不知什么缘故打开皮包翻东西。看来只有医生一个人听到人家提起阿库尔卡和娜娜却无动于衷。侦讯官吩咐把尼古拉希卡带上来。尼古拉希卡是个身材瘦长的年轻小伙子,长鼻子上布满麻点,胸脯凹进去,穿着东家赏给他的旧上衣。他走进普塞科夫的房间,对侦讯官跪下去,匍匐在地。他脸上带着睡意,泪痕斑斑。他喝醉了,站也站不稳。

"你的东家在哪儿?"楚比科夫问他说。

---

① 法国作家左拉所著长篇小说《娜娜》中的女主人公。

灯　光　集

"他给人害死了,老爷。"

说完这话,尼古拉希卡开始眨巴眼睛,哭起来。

"我们知道他给人害死了。可是现在他在哪儿?他的尸体在哪儿?"

"听说他让人从窗子里拉出去,埋在花园里了。"

"嗯!……我们的调查结果已经传到厨房里去了。……真糟糕。小伙子,你东家遇害的那天晚上,你在哪儿? 也就是说星期六晚上你在哪儿?"

尼古拉希卡昂起头来,伸直脖子,想一想。

"不知道,老爷,"他说,"我当时喝醉酒,记不得了。"

"不在场①!"玖科夫斯基小声说,冷笑,搓手。

"哦。那么,你东家窗子底下怎么会有血呢?"

尼古拉希卡仰起头来,沉思不语。

"你快点想!"县警察局长说。

---

① 原文为拉丁语。

"我马上就想出来。那血是小事,老爷。我宰过一只鸡。我很简单地宰它一刀,跟往常一样,可是那只鸡猛一下挣脱我的手,撒腿就跑。……这才弄了一地的血。"

叶弗烈木证明尼古拉希卡确实每天傍晚都宰鸡,而且是在不同的地点干这件事,不过谁也没见过那只没有宰死的鸡满花园里乱跑,然而另一方面,却也不能绝对否认这件事。

"不在场,"玖科夫斯基冷笑说,"而且是多么荒谬的不在场!"

"你跟阿库尔卡来往过吗?"

"我造过孽。"

"那么你东家从你手里把她勾引过去了?"

"不是的。从我手里把她夺过去的是他老人家,普塞科夫先生,伊凡·米海雷奇。东家是从伊凡·米海雷奇手里把她夺过去的。事情就是这样。"

普塞科夫神情狼狈,开始搔他的左眼皮。玖科夫斯基目不转睛地瞅着他,看出他的窘态,不由得打个哆嗦。他看见总管下身穿一条蓝色长裤,这是以前他一直没有留意过的。那条长裤使他联想到在牛蒡那边找到的蓝色细线。这时候轮到楚比科夫也怀疑地瞧着普塞科夫了。

"你去吧!"他对尼古拉希卡说,"那么现在,请允许我向您提出一个问题,普塞科夫先生。您星期六晚上,当然,是在这儿吧?"

"是的,十点钟我同玛尔克·伊凡内奇一块儿吃晚饭来着。"

"那么后来呢?"

普塞科夫心慌意乱,从桌旁站起来。

"后来……后来……说真的,我记不得了,"他支吾道,"当时我喝了许多酒。……我记不得在哪儿睡觉,什么时候睡觉了。……你们干吗都这么瞧着我?倒好像我犯了凶杀罪似的!"

"您是在哪儿醒过来的?"

"我是在仆人厨房里的灶台①上醒过来的。……大家都能作证。至于我是怎么睡在灶台上的,我就说不清了。……"

"您不要激动。……您认识阿库尔卡吗?"

"认识是认识,也没什么特别的。……"

"她丢下您,跑到克里亚乌左夫那儿去了?"

"是的。……叶弗烈木,你再端点菌子来!您要茶吗,叶夫格拉甫·库兹米奇?"

随后是难堪而可怕的沉默,有五分钟光景。玖科夫斯基一言不发,他尖利的目光一刻也不放松普塞科夫渐渐苍白的脸。沉默是由侦讯官打破的。

"我们,"他说,"该到大房子里去一趟,同亡人的姐姐玛丽雅·伊凡诺芙娜谈谈。她该能给我们提供点线索吧。"

楚比科夫和他的助手为早饭道过谢,往地主家的

---

① 俄国式的热炕,设在大灶的很高的台面上。

正房走去。克里亚乌左夫的姐姐玛丽雅·伊凡诺芙娜是个四十五岁的老处女,他们正赶上她在很高的祖传神龛跟前做祷告。她见到客人们手里拿着皮包,帽子上有帽徽,脸色顿时煞白。

"首先,我要表示歉意,因为我们破坏了您的所谓祈祷情绪,"礼貌周到的楚比科夫把两个脚跟并拢,行个礼,开口说,"我们有件事想麻烦您。您,当然,已经听说了。……目前有人怀疑您的弟弟被人用某种方式谋害了。您知道,那是上帝的旨意。……死亡是谁也逃不脱的,不论是沙皇还是庄稼汉都一样。您能提供些线索和说明来帮助我们吗?……"

"哎呀,您不要问我!"玛丽雅·伊凡诺芙娜说,脸色越发苍白,用手蒙住脸,"我没什么可跟您说的!没有!我求求您!我没什么话可说。……我能说什么呢?啊,不,不……关于我弟弟的事,我一句话也没有!我宁可死,也不想说!"

玛丽雅·伊凡诺芙娜哭起来,走进另一个房间里。

两个侦讯人员面面相觑,耸一耸肩膀,溜出去了。

"鬼娘们儿!"玖科夫斯基走出大房子,骂道,"看来,她知道点隐情,可就是瞒着不说。女仆脸上的表情也有点鬼鬼祟祟。……你们等着就是,魔鬼!我们什么事都会弄清楚的!"

傍晚,楚比科夫和他的助手,由白脸般的月亮照着,回家去了。他们坐在轻便的双轮马车上,头脑里总结这一天经历过的种种事情。两个人都疲乏了,默默不语。楚比科夫一般说来不喜欢在旅途上说话,饶舌的玖科夫斯基为了使老人满意而保持沉默。可是临到旅程就要结束,助手却再也受不住沉默,开口讲话了。

"无可怀疑①,"他说,"尼古拉希卡跟这个案子有关系。凭他那副嘴脸就可以看出他是个什么路数。……他的不在场弄得他露出了马脚。然而这个案子的主犯不是他,这也无可怀疑。他无非是被人买通

---

① 原文为拉丁语。

的愚蠢工具而已。您同意吗？小心谨慎的普塞科夫在这个案子里也不是演小角色的。蓝色的长裤啦,狼狈的神态啦,杀人以后由于害怕而睡在灶台上啦,不在场啦,阿库尔卡啦。"

"随您去瞎说吧,贫嘴！那么依您看来,谁认识阿库尔卡,谁就是凶手？哎,您这个头脑发热的人！您该去叼着橡皮奶头,不该来办案子！您也亲近过阿库尔卡,莫非您在这个案子里也有份儿？"

"阿库尔卡也在您家里做过一个月厨娘,可是……我什么也没说。那个星期六晚上,我跟您一块儿打纸牌来着,我见到您了,要不然我也要盘问您。问题,先生,不在于女人。问题在于下流的、卑鄙的、恶劣的感情。……那个小心谨慎的青年人发现得手的不是他,您要明白,他就一肚子不高兴。他爱面子,您要明白。……他要报仇。其次……他的厚嘴唇强有力地说明他好色。您记得他把阿库尔卡比作娜娜的时候,他把嘴唇吧嗒得多么响？他,这个坏蛋,欲火中烧,这是无可怀疑的!结果呢,自尊心受到挫伤,情欲没得到满足。这就足以使人动杀机了。两个已经落在我们手心里,可是第三个是谁呢?尼古拉希卡和普塞科夫按住他。然而是谁闷死他的呢?普塞科夫胆小,怯生生的,总的来说是个懦夫。尼古拉希卡不会用枕头闷死他,他们干起来总是抡斧子,耍刀子。……一定有个第三者把他闷死,然而是谁呢?"

玖科夫斯基把帽子拉到眼睛上边,沉吟不语。直到双轮马车驶到侦讯官家门口,他才开口。

"找到了[①]!"他一面说,一面走进那所小房子,脱掉大衣,"找到了,尼克拉·叶尔莫拉伊奇!我简直不明白早先我怎么就没有想起来。您知道第三个人是谁?"

"您别说了,劳驾!喏,晚饭准备好了!坐下吃饭吧!"

---

① 原文为希腊语。

灯　光　集

　　侦讯官和玖科夫斯基坐下来吃晚饭。玖科夫斯基给自己斟好一杯白酒,站起来,挺直身子,两眼闪闪发光,说:

　　"您要知道,同坏蛋普塞科夫串通作案,把人闷死的第三者,是个女人!对!我说的是受害人的姐姐玛丽雅·伊凡诺芙娜!"

　　楚比科夫把酒呛到气管里去了,他定睛瞧着玖科夫斯基。

　　"您……不大对头吧?您的脑袋……出了毛病吧?头痛吗?"

　　"我挺健康。好,就算我神志不清吧,不过我们一去,她就张皇失措,这您怎么解释呢?她一句供词也不肯吐露,这您又怎么解释?就算这都是小事……好吧!也行!……那您就回想一下他们的关系!她痛恨她的弟弟!她是旧教徒,他呢,却是浪子,不信神。……这就是积怨很深的缘故!听说,他居然弄得她相信他就是恶魔的使者。他当着她的面施展招魂术!"

"哦,那又怎么样?"

"您不明白?她这个旧教徒是出于狂热才把他弄死的!她不但弄死一个坏人,一个浪子,而且让全世界少了一个基督的敌人。她认为这就是她的功劳,她在宗教上的丰功伟绩!啊,您可不知道这些老处女,旧教徒!您该读一读陀思妥耶夫斯基的作品!列斯科夫①和彼切尔斯基②写得多好!……就是她,就是她,您就是杀了我,我也要说是她!是她把他闷死的!啊,阴险的女人!我们走进去的时候,她正站在圣像面前,岂不是特意要蒙哄我们?她心里说:我站在这儿做祷告,他们就会以为我心里踏踏实实,没料到他们会来!所有的犯罪新手都用这套办法。好朋友,尼古拉·叶尔莫拉伊奇!我的亲人!您把这个案子交给我办!我要亲自把它弄个水落石出!我亲爱的!我已经开了头,那

---

① 列斯科夫(1831—1895),俄国作家。
② 彼切尔斯基是俄国作家密耳尼科夫(1818—1883)的笔名,他的小说描述伏尔加河流域旧教徒、商人、富农等的生活和习俗。

我就会把它弄个水落石出!"

楚比科夫开始摇头,皱起眉毛。

"困难的案子我自己会办,"他说,"您的事就是不要去管那些不该管的事。到了该您抄写公文的时候,您就把我嘴里念的照记不误,这就是您的事!"

玖科夫斯基涨红脸,砰的一声关上门,走掉了。

"他是聪明人,这个坏蛋!"楚比科夫瞧着他的背影,喃喃地说,"聪明得很!只是头脑发热,劲头用得不得当。我应该到市集上去买个烟盒来送给他呢。……"

第二天早上,有人从克里亚乌左夫卡村带着一个年轻小伙子来见侦讯官,那人脑袋很大,嘴唇上有个缺口,自称是牧人丹尼尔卡。他的口供很有趣。

"当时我喝多了酒,"他说,"我在干亲的家里一直坐到午夜才走。我回家的路上,醉醺醺地钻到河里洗澡。我正洗着……抬头一看!有两个人在河坝上走过,抬着个黑乎乎的东西。'咳!'我对他们喊一声。

他们害怕了,撒腿就跑,一口气跑到玛卡烈夫的菜园里。要是他们抬的不是我们的老爷,就叫上帝打死我!"

当天将近傍晚,普塞科夫和尼古拉希卡被捕,押解到县城去。一到城里,他们就关进监狱了。

二

十二天过去了。

那是早晨。侦讯官尼古拉·叶尔莫拉伊奇坐在他房间里一张绿桌子旁边,翻阅克里亚乌左夫的案卷。玖科夫斯基心神不定地从这个墙角走到那个墙角,就像关在笼里的狼一样。

"您相信尼古拉希卡和普塞科夫有罪,"他说,烦躁地揪他新生出的胡子,"那您为什么就不肯相信玛丽雅·伊凡诺芙娜有罪?莫非您还嫌罪证不足?"

"我没说我不相信。我相信是相信,不过总还有点不放心。……真正的罪证没有,所有的只是些抽象的理论。……什么狂热啦,这个那个的。……"

"那么您非要斧子和带血的被单不可!……这些法律家!那我来给您证明就是!对这个案子的心理方面,您不要这样马马虎虎!您那个玛丽雅·伊凡诺芙娜该送到西伯利亚去!我来给您证明就是!您嫌抽象的理论不够,那我手上还有物证。……这东西会向您表明我的理论多么正确!只要让我出去走一趟就行。"

"您指的是什么?"

"就是瑞典火柴,先生。……您忘了?可是我没忘!我要弄明白谁在受害人房间里点那根火柴!点那根火柴的不是尼古拉希卡,也不是普塞科夫,搜查他们衣物的时候没发现那种火柴。一定是第三个人,也就是玛丽雅·伊凡诺芙娜有。我来证明给您看!……不过要让我在全县走一遭,四处查访一下。……"

"哦,行,您坐下。……我们先来审案子。"

玖科夫斯基就挨着小桌坐下,把长鼻子伸到公文上去。

"把尼古拉①·捷捷霍夫带上来!"侦讯官叫道。

尼古拉希卡押来了。他脸色苍白,瘦得像一根细劈柴,身子索索地抖。

"捷捷霍夫!"楚比科夫开口说,"一八七九年,您在第一区法官那里为盗窃罪受审,判过徒刑。一八八二年,您第二次为盗窃罪受审,第二次关进监狱。……您的事我们都知道。……"

尼古拉希卡的脸上现出惊讶。侦讯官的无所不知使得他暗暗吃惊。不过惊讶的神情很快就换成极度悲伤的神情。他放声大哭,请求让他去洗一下脸,定一定神。他就给押走了。

"把普塞科夫带上来!"侦讯官命令道。

普塞科夫押来了。近些天来,这个青年人的面容

---

① 尼古拉希卡是尼古拉的小名。

大大变了样。他消瘦,苍白,憔悴了。他的眼睛里流露出冷漠的神情。

"坐下,普塞科夫,"楚比科夫说,"我希望今天这一次您会通情达理,不像以前那些次似的说假话。这些天,您不顾大量的罪证证明您有罪,矢口否认您参与过克里亚乌左夫的凶杀案。这是不识利害。招认可以减罪。今天我是最后一次跟您谈话。要是今天您不招认,明天就迟了。那么,告诉我们……"

"我什么也不知道。……我也不知道你们那些什么罪证。"普塞科夫低声说。

"这不应该,先生!好,那就让我来对您讲一下这个案子的经过。那个星期六傍晚,您在克里亚乌左夫的卧室里坐着,同他一起喝白酒和啤酒。"(玖科夫斯基盯住普塞科夫的脸,他的眼睛在侦讯官问话那段时间始终也没放松那张脸。)"尼古拉伺候你们。十二点多钟,玛尔克·伊凡诺维奇告诉您说他想上床睡觉。他平素总是十二点多钟上床睡觉。他正脱皮靴,对您交代有关农务方面的事,不料您和尼古拉根据预定的暗号,抓住喝醉的主人,把他推倒在床上。你们一个人坐在他腿上,一个人骑在他头上。这时候穿堂里走进来一个你们认得的女人,穿着黑色连衣裙,她事先已经跟你们约定她在这件犯罪的事当中担任什么角色。她拿起枕头来,开始用它闷死他。在扭打中,蜡烛熄了。女人就从口袋里取出一盒瑞典火柴,点上蜡烛。不是这样吗?我从您的脸色就看得出我说的是实情。不过,接着说下去。……你们把他闷死,相信他已经断了气,您跟尼古拉一起把他从窗口拖出去,把他放在牛蒡附近。你们怕他活过来,就用个尖东西扎他。后来你们抬着他走一阵,暂时把他放在丁香花丛下边。你们休息一会儿,想一想,又抬着他走。……你们翻过一道篱墙。……后来你们顺着大路走。……前面是一道河坝。河坝附近有个农民把你们吓了一跳。可是,您怎么了?"

普塞科夫脸白得像亚麻布一样,站起来,身子摇摇晃晃。

"我透不过气来了!"他说,"好……就算是这样吧。……不过我要出去了……劳驾。"

普塞科夫就给押走了。

"他到底还是招认了!"楚比科夫舒畅地伸个懒腰,说,"他露出马脚来了!不过,我多么巧妙地揭了他的底!这下子可把他整垮了。……"

"他连那个穿黑衣服的女人都没否认!"玖科夫斯基笑着说,"不过另一方面,那根瑞典火柴弄得我心里七上八下!我再也受不住了!再见!我要走了。"

玖科夫斯基戴上帽子,动身走了。楚比科夫开始审问阿库尔卡。阿库尔卡声明说她什么也不知道。……

"我只跟您相好过,此外我跟谁也没有相好过!"她说。

傍晚五点多钟,玖科夫斯基回来了。他激动得不得了。他的手抖得没法解开大衣扣子。他的脸烧得通红。看得出来,他是带着新消息回来的。

"我来了,我看见了,我胜利了!①"他飞奔进楚比科夫的房间里,往圈椅上一坐,说,"我凭我的名誉起誓,我开始相信我的天才了。您听着,见鬼!您听着会大吃一惊的,老头子!这又可笑又可悲!您手心里已经有三个……不是这样吗?我却找到了第四个罪犯,或者更确切地说,女犯,因为那也是个女人!而且是个什么样的女人啊!我只要能挨一下她的肩膀,情愿少活十年呢!不过……您听着……我坐车到克里亚乌左夫卡村,绕着它兜了个大圈子。一路上我访问了所有的小杂货铺、小酒店、酒馆,到处打听瑞典火柴。到处都对我说'没有'。我坐着车子转来转去直到现在。我二十次失掉希望,又二十次收回希望。我逛荡了整整一天,直到一个钟头以前我才算找着我要找的东西。离这儿有三俄里远。他们拿给我一大包,一共是十盒。

---

① 原文为拉丁语,古罗马大将恺撒的豪语。

其中正好缺一盒。……我马上问：'那一盒是谁买去的？'一个女人买去了。……'她喜欢这玩意儿，这玩意儿一擦就……刺啦一响。'我的好朋友！尼古拉·叶尔莫拉伊奇！一个被宗教学校开除出来而且熟读过加博里欧①的作品的人，有的时候竟然能办出什么样的大事来，那是人类的智慧简直无法理解的！从今天起我要开始尊敬自己了！……嘿嘿。……好，我们走吧！"

"到哪儿去？"

"到她那儿去，到第四个那儿去啊。……我们得赶紧去，要不然……要不然，我急得心里像有一团火，要活活烧死了！您知道她是谁？您猜不出的！就是我们区警察局长，老头子叶夫格拉甫·库兹米奇的年轻妻子奥尔迦·彼得罗芙娜，就是她！她买了那盒火柴！"

---

① 加博里欧(1832—1873)，法国作家，现代侦探小说创始人之一。

"您……你……您……发疯了吧?"

"这很容易理解嘛!第一,她吸烟。第二,她没命地爱上了克里亚乌左夫。他呢,有了个阿库尔卡,就拒绝了她的爱情。她要报仇。现在我想起有一次我碰见他俩躲在厨房里屏风后面。她向他赌咒发誓,他却吸着她的纸烟,把烟子喷到她脸上去。不过,我们得走了。……快一点,天黑下来了。……我们走吧!"

"我还不至于神志不清到听了个小娃娃的话就半夜三更去打搅一个高尚而诚实的女人!"

"高尚,诚实。……出了这样的事还说这样的话,您简直是草包,算不得侦讯官!我素来不敢骂您,可是现在您逼得我骂!草包!老顽固!得了,我的亲人,尼古拉·叶尔莫拉伊奇!我求求您!"

侦讯官摇一摇手,吐了口唾沫。

"我求求您了!我不是为我自己,而是为审判的利益求您!我真心实意地求您!您给我个面子吧,哪怕一辈子就这一次!"

玖科夫斯基跪下去。

"尼古拉·叶尔莫拉伊奇！哎,您发发善心吧！要是关于这个女人我看错了,您就骂我混蛋,流氓！要知道,这是个什么样的案子啊！这个案子！简直是长篇小说,不是案子！这个案子的名气会传遍整个俄国！日后人家会提拔您做专办特别重大案件的侦讯官！您得明白才是,不懂事的老头子！"

侦讯官皱起眉头,犹豫不决地伸出手去拿帽子。

"好,见你的鬼,就这样吧！"他说,"我们走。"

等到侦讯官的轻便双轮马车开到区警察局长的家门口,天色已经黑了。

"我们简直是猪！"楚比科夫拉了拉门铃说,"我们在打搅人家哟。"

"没什么,没什么。……您不要胆怯。……我们就说马车上的弹簧坏了。"

在门口迎接楚比科夫和玖科夫斯基的,是个大约二十三岁的女人,身量高,体态丰满,眉毛漆黑,嘴唇又厚又红。她就是奥尔迦·彼得罗芙娜本人。

"啊……很高兴!"她说,满面笑容,"你们正好赶上吃晚饭。我的叶夫格拉甫·库兹米奇不在家。……他到教士家里串门去了。……不过他不在,我们也无所谓。……请进去坐!你们这是刚办完侦讯工作吧?……"

"是啊。……我们,您要知道,车上的弹簧坏了。"楚比科夫走进客厅里,在圈椅上坐下,开口说。

"您要冷不防……给她个措手不及!"玖科夫斯基小声对他说,"您给她个措手不及!"

"弹簧。……嗯……是啊。……我们就冒冒失失地到这儿来了。"

"给她个措手不及,我跟您说!要是您净说废话,她就会猜出来了!"

"哦,既是你全懂,那就由你来干,不用找我!"楚比科夫嘟哝说,站起来,往窗子那边走去,"我办不到!你自己煮的粥你自己喝!"

灯　光　集

"是啊,弹簧……"玖科夫斯基走到区警察局长的妻子跟前,开口说,皱起长鼻子,"我们到这儿来,不是为了……呃呃……吃晚饭,也不是找叶夫格拉甫·库兹米奇。我们来,是为了问您,太太:由您弄死的玛尔克·伊凡诺维奇如今在哪儿?"

"什么?哪个玛尔克·伊凡诺维奇?"区警察局长的妻子吞吞吐吐地说,突然,她那张大脸转眼间涨得通红,"我……不明白。"

"我是以法律的名义问您!克里亚乌左夫在哪儿?我们全知道了!"

"你们是听谁说的?"区警察局长的妻子受不住玖科夫斯基的目光,轻声问道。

"请您务必告诉我们:他在哪儿?!"

"不过你们是从哪儿知道的?是谁对你们说的?"

"我们全知道,太太!我是用法律的名义要求您!"

侦讯官看见区警察局长的妻子心慌意乱,就放大

胆子,走到她跟前,说:

"您告诉我们,我们就走了。要不然我们就要……"

"你们找他干什么?"

"何必问这些呢,太太?我们要求您说出来!您在发抖,张皇失措。……是的,他遇害了,而且说句不怕您见怪的话,就是被您害死的!您的同谋犯把您供出来了!"

区警察局长的妻子顿时脸色煞白。

"那我们就去吧,"她绞着手,低声说,"他在我家的浴室里藏着。只是看在上帝分上,你们不要对我丈夫说起这件事!我求求你们!他会受不了!"

区警察局长的妻子从墙上取下一把大钥匙,领着她的客人们穿过厨房和穿堂,走进院子里。院子里黑乎乎的。天上下着毛毛细雨。区警察局长的妻子在前边带路。楚比科夫和玖科夫斯基在高高的草丛中跟着她走,吸进野麻和污水的气味,脚底下踩着污水而发出咕叽咕叽的响声。院子很大。不久,污水没有了,他们脚下感觉到耕松的土地了。黑暗中露出树木的轮廓,树木之间有一所小房子,房顶上竖着一根歪烟囱。

"这就是浴室,"区警察局长的妻子说,"可是,我求求你们,不要对外人说!"

楚比科夫和玖科夫斯基走到浴室跟前,看见门上挂着一把极大的锁。

"准备好蜡烛头和火柴!"侦讯官对他的助手小声说。

区警察局长的妻子开了锁,把客人们让进浴室。玖科夫斯基擦燃火柴,照亮浴室的更衣间。更衣间中央摆着桌子。桌上放着矮粗的小茶炊,旁边有个海碗,里面盛着白菜汤,已经凉了,还有个菜碟,上面只剩些调味汁。

"再往前走!"

他们走进隔壁房间,也就是浴室。那儿也有一张桌子。桌上有个大碟子,盛着火腿,还有一大瓶白酒、几个盘子和一些刀叉。

"可是那个人在……哪儿?受害者在哪儿?"侦讯官问。

"他在上边那层铺上!"区警察局长的妻子小声说,脸色越发苍白,浑身发抖。

玖科夫斯基手里拿着蜡烛头,爬到上层铺去。他在那儿看见一个人的很长的身体,纹丝不动地躺在大绒毛褥垫上。那个身体发出轻微的鼾声。……

"我们上当了,见鬼!"玖科夫斯基叫起来,"这不是他!这儿躺着个活人,蠢货。喂,您是什么人,见鬼?"

那个身体吸进一口气,发出吹口哨的声音,然后动起来。玖科夫斯基用胳膊肘捅他一下。他举起胳膊,伸了个懒腰,略微抬起头来。

"这是谁爬上来了?"一个沙哑而低沉的男低音问道,"你要干什么?"

玖科夫斯基把蜡烛头凑到生人的脸上,不由得尖叫一声。他看见紫红的鼻子,没梳理过的蓬松头发,两撇漆黑的唇髭,其中一撇雄赳赳地往上翘着,骄横地直指天花板,他认出这个人就是骑兵少尉克里亚乌左夫。

"您是……玛尔克……伊凡内奇?! 不可能!"

侦讯官抬头一看,愣住了。……

"是我,对了。……原来是您啊,玖科夫斯基! 您到这儿干什么来了? 下边,还有那个丑家伙是谁? 圣徒呀,原来是侦讯官! 是什么风把你们吹来的?"

克里亚乌左夫爬下来,拥抱楚比科夫。奥尔迦·彼得罗芙娜溜出门外去了。

"你们是怎么来的? 咱们来喝一盅,见鬼! 特拉——搭——梯——多。……咱们来喝一盅! 不过,是谁把你们领到这儿来的? 你们怎么知道我在这儿? 不过,反正也无所谓! 咱们来喝酒吧!"

克里亚乌左夫点上灯,斟满三杯酒。

"说实在的,我不明白你是怎么回事,"侦讯官摊开手说,"这究竟是你呢,还是不是你?"

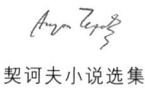

"你算了吧。……你想教训我一番吧？那就请你少费这个心。青年人玖科夫斯基，喝下你那杯酒！朋友们，咱们来快快活活地消磨这个良宵吧。……你们瞧着我干吗？喝呀！"

"我仍旧弄不明白，"侦讯官说，心不在焉地喝下酒去，"你为什么待在这儿？"

"既然我觉得这儿挺好，为什么我不该待在这儿？"

克里亚乌左夫喝酒，吃火腿。

"你看得明白，我在区警察局长太太的家里住着。我住在这个荒僻的地方，住在这个密林里，活像一尊家神。喝吧！当时，老兄，我怜惜她了。我既然怜惜她，得，我就住到这儿，住到这个没人用的浴室里来，像个隐士似的。……我有吃有喝。不过，我想下个星期从这儿搬走。……我已经住得腻味了。……"

"不可理解！"玖科夫斯基说。

"这有什么不可理解的？"

灯　光　集

"不可理解！看在上帝面上，请您告诉我，您那只皮靴怎么会跑到花园里去的？"

"哪只皮靴？"

"我们在您卧室里只找到一只，另一只却在花园里。"

"你们要知道这些干什么？这不关你们的事。……你们倒是喝呀，见你们的鬼。你们既是把我叫醒了，那就得喝酒！说起那只皮靴，老兄，倒有个有趣的故事呢。我不肯到奥丽雅①这儿来。你要知道，那时候我心绪不好，又有点醉意。……她就跑到我窗前来，开口骂我。……你知道，就跟娘们家一样……反正是这么一套。……我呢，喝醉了，捞起一只靴子朝她扔过去。……哈哈。……我说：不准你骂。她就爬进窗口，点上灯，把我这个醉汉打了个够。她灵机一动，把我拉到这儿来，锁在屋里。现在我倒有吃有喝

---

① 奥尔迦的爱称。

了。……爱情,白酒,冷荤菜!可是你们上哪儿去?楚比科夫,你上哪儿去?"

侦讯官啐了口唾沫,从浴室里走出来。玖科夫斯基耷拉着脑袋,跟着他走出去。两个人沉默地坐上轻便的双轮马车,走了。这条路,他们觉得,以前任什么时候都不像现在这样漫长而乏味。两个人都没说话。楚比科夫一路上气得发抖。玖科夫斯基把脸藏在大衣领里,仿佛生怕黑暗和细雨会看见他脸上的羞愧似的。

回到家里,侦讯官正碰上丘丘耶夫医生在他家里。医生在桌旁坐着,翻看《田地》①周刊,深深地叹气。

"这个世界上净是些什么样的事呀!"他带着忧郁的笑容迎接侦讯官,说,"奥地利又那个了!……格莱斯顿②也在某种程度上……"

侦讯官把帽子往桌子底下一丢,浑身索索地抖。

"瘦鬼!不要找我啰唆!我已经跟你说过一千

---

① 1870—1918年在彼得堡出版的一种迎合小资产阶级口味的刊物。
② 格莱斯顿(1809—1898),英国首相,自由党领袖。

次,不要拿你那套政治来纠缠我。现在顾不上谈政治!还有你,"楚比科夫转过脸去对着玖科夫斯基,摇着拳头说,"还有你……我永生永世也忘不了!"

"可是……这都要怪那根瑞典火柴啊!我怎么能知道呢!"

"巴不得叫你那根火柴堵在你嗓子眼里,把你活活地卡死才好!你给我走,别惹我生气,要不然鬼才知道我会把你揍成什么样!叫你两条腿都断掉才好!"

玖科夫斯基叹口气,拿起帽子,走出去。

"我要去喝一通酒!"他走出门外,暗自决定,然后伤心地往小饭铺慢慢走去。

区警察局长的妻子从浴室回到家里,发现她丈夫在客厅里。

"侦讯官来干什么?"丈夫问。

"他来说一声:克里亚乌左夫已经找着了。你猜怎么着,他们是在别人妻子家里找着他的。"

"唉,玛尔克·伊凡内奇啊,玛尔克·伊凡内奇!"

区警察局长抬起眼睛,叹道,"我跟你说过,放荡是闹不出好下场来的!我早就跟你说过,可你就是不听啊!"

男 孩 们

"沃洛嘉来了!"有人在外面叫道。

"沃洛杰奇卡①来了!"厨娘娜达丽雅喊着,跑进饭厅,"啊,我的上帝!"

柯罗列夫一家人每时每刻都在盼望他们的沃洛嘉,这时候就一齐涌到窗口。街门外停着一辆宽大的平板雪橇,拉雪橇的三匹白马冒出热腾腾的雾气。雪橇上没有人,因为沃洛嘉已经站在前堂,正伸出冻得发

---

① 沃洛杰奇卡和沃洛嘉都是符拉季米尔的爱称。

红的手指头解开他的长耳风帽。他那制服大衣上,制帽上,雨鞋上,鬓发上,全蒙着一层白霜。他从头到脚,全身上下,发散出一股好闻的寒气,叫人一看见就会打冷颤,说声:"嘿得得得!"他的母亲和姑妈跑过去拥抱他,吻他,娜达丽雅扑到他脚跟前,动手脱他的毡靴,他的妹妹们喊喊喳喳尖叫,房门吱扭吱扭响,乒乓地开关,沃洛嘉的父亲只穿着坎肩,手里拿着剪子,跑进前堂来,吃惊地叫道:

"我们从昨天起就盼你了!路上好走吗?顺利吗?我的上帝啊,你们容他跟他父亲打个招呼呀!怎么,我不是他父亲了还是怎么的?"

"汪!汪!"大黑狗米洛尔德用低音吠叫着,尾巴碰击着墙壁和家具。

所有的声音合成一片连绵不断的欢乐声,持续了两分钟光景。等到头一阵欢乐的热潮过去,柯罗列夫一家人才发现前堂里除了沃洛嘉以外还有个矮小的人,围着头巾、披巾,戴着长耳风帽,身上蒙着一层白霜。他站在墙角一件肥大的狐皮大衣的阴影里,一动也不动。

"沃洛杰奇卡,那是谁啊?"母亲小声问道。

"哎呀!"沃洛嘉清醒过来说,"我荣幸地介绍一下,他是我的同学切切维曾,二年级学生。……我带他到我们家里来住一阵。"

"很高兴,欢迎!"父亲快活地说,"对不起,我是家常打扮,没穿上衣。……请!娜达丽雅,帮着切切维曾先生脱掉外衣!我的上帝,你们倒是把这条狗赶出去呀!它真讨厌!"

过了一会儿,沃洛嘉和他的朋友切切维曾在桌旁坐下喝茶,他们的脸仍旧因为受了寒而红扑扑的,热闹的迎接场面害得他们头昏脑涨。冬天可爱的阳光透过窗上的积雪和冰花,在茶炊上颤动,把纯净的光芒投进一个洗杯盆里。房间里很暖和,两个男孩觉得在他们冻僵的身体里,寒冷和温暖争持不下,互不相让,弄得他们有点痒酥酥的。

"是啊,很快就要过圣诞节啦!"父亲拖长声调说,用深棕色的烟草卷成一支烟,"今年夏天,你母亲哭着把你送走,难道这是很久以前的事吗?可是一转眼你又回来了。……光阴过得好快啊,孩子!一眨眼的工夫,人就已经老了。契比索夫先生,请吃吧,不要拘束。我们这儿是随随便便的。"

沃洛嘉的三个妹妹是卡嘉、松尼雅、玛霞,其中年纪最大的一个十一岁,她们围着桌子坐着,目不转睛地瞧着她们的新相识。切切维曾跟沃洛嘉年龄一般大,身量一般高,可是不那么胖,不那么白,却又瘦又黑,脸上长满雀斑。他头发刚硬,眼睛很细,嘴唇却厚,大体说来,他长得很不好看,要不是身上穿着中学制服,那么凭外貌来看,很可能给人当作厨娘的儿子。他拉长脸,始终不开口,一次也没笑过。几个姑娘瞧着他,立刻认为他肯定是个十分聪明而有学问的人。他老是在想心思,而且想得那么出神,每逢人家问他话,他总是怔一下,摇一摇头,要求重问一遍。

灯 光 集

几个姑娘发现平素兴高采烈、喜欢讲话的沃洛嘉这一回也很少开口,一点笑容也没有,仿佛就连回到家里也并不高兴似的。他们坐着喝茶的那段时间,他只对妹妹们说过一次话,而且是一句很古怪的话。他指指茶炊,说:

"在加利福尼亚①,人家不喝茶而喝杜松子酒。"

他也心事重重。他偶尔跟他的朋友切切维曾互相瞧一眼,从他们的目光来看,两个男孩的心事是一样的。

喝完茶后,大家都到儿童室去了。父亲和几个姑娘围着桌子坐下,接着做刚才由于男孩们来到而中断的工作。他们用彩色纸做出纸花和穗子,用来装点圣诞树。这是一种引人入胜的热闹工作。每做出一朵新的纸花,姑娘们总要发出欢乐的叫声,甚至吃惊的叫声,仿佛纸花是从天上掉下来的。她们的爸爸也做得入了迷,有时候把剪刀往桌子上一丢,生气了,因为剪

---

① 美国西部的一州。

刀太钝。她们的妈妈有时候带着十分着急的脸色跑进儿童室来,问道:

"谁把我的剪刀拿走了?伊凡·尼古拉伊奇,又是你拿走的吧?"

"我的上帝啊,连一把剪刀都不给我用!"伊凡·尼古拉伊奇用一种要哭的声调回答说,往椅背上一靠,做出一个人深受委屈的姿态,然而过一会儿却又做得入迷了。

从前沃洛嘉回到家里也做这种装点圣诞树的工作,或者跑到院子里去看马车夫和牧人堆雪山,可是现在他和切切维曾对这些彩色纸根本不看一眼,甚至马房里也一次都没去过,光是坐在靠近窗子的地方,叽叽咕咕地小声讲话,然后他俩一块儿翻开地图本,开始看地图。

"先到彼尔姆①……"切切维曾低声说,"从那儿到秋明②……再到托木斯克③……再……再……再到堪

---

① ② 欧俄的一个城市。
③ 西伯利亚的一个城市。

察加①。……从那儿,萨莫耶德人用木船把人载过白令海峡②。……这样就到了美洲。……那儿有许多毛皮兽。"

"那么加利福尼亚呢?"沃洛嘉问。

"加利福尼亚在底下一点。……只要到了美洲,加利福尼亚就不远了。要想找吃食,不妨去打猎或者抢劫。"

切切维曾整整一天躲着那些姑娘,看她们的时候总是拧起眉毛。喝过晚茶后,凑巧他单独和姑娘们待在一起,有五分钟光景。不讲话是别扭的。他就严厉地嗽了嗽喉咙,右手心擦了擦左手背,阴沉地瞧着卡嘉,问道:

"您看过麦因·李德③的小说没有?"

"没看过。……您听我说,您会滑冰吗?"

---

① 亚俄东端的一个半岛。
② 在西伯利亚和美洲之间。
③ 麦因·李德(1818—1883),英国冒险小说作家。

切切维曾只顾想自己的心事,没有回答这个问题,光是使劲鼓起腮帮子,呼出一口气,好像觉得很热似的。他又抬起眼睛瞧着卡嘉,说:

"一群北美野牛跑过美洲草原的时候,土地发抖,这当儿野马就会受惊,尥蹶子,嘶鸣。"

切切维曾忧郁地微笑着,补充说:

"还有,印第安人常打劫火车。不过最糟的是白蛉子和白蚁。"

"这是些什么东西?"

"这些东西很像小蚂蚁,不过长着翅膀。它们叮起人来凶得很哩。您知道我是什么人吗?"

"切切维曾先生。"

"不对。我是芒提赫莫,外号鹰爪子,常胜军首领。"

最小的姑娘玛霞,瞧着他,然后瞧着窗外的暮色,深思地说:

灯 光 集

"昨天我们吃小扁豆①来着。"

切切维曾讲的话叫人完全摸不着头脑,再者他经常跟沃洛嘉交头接耳地谈话,沃洛嘉也不来玩耍了,老是心事重重,这些都显得又神秘又古怪。两个大一点的姑娘,卡嘉和松尼雅,开始尖起眼睛盯住两个男孩。晚上等到两个男孩上床睡下,两个姑娘就偷偷溜到他们房门口,听他们谈话。啊,她们听到些什么呀!原来两个男孩打算跑到美洲一个地方去淘金。他们已经为这次旅行做好一切准备:一管手枪、两把刀子、一些面包干、一个供取火用的放大镜、一个罗盘、四个卢布。她们听到两个男孩要步行好几千俄里的路,在路上要跟老虎和野人搏斗,然后采到金子和象牙,杀死敌人,去做海盗,喝杜松子酒,最后娶美女为妻,经营种植园。沃洛嘉和切切维曾讲个不停,讲到兴起就互相打岔。在这次谈话当中切切

---

① 在俄文中,切切维曾这个姓和扁豆发音相近。

维曾总是自称为"鹰爪子芒提赫莫",管沃洛嘉叫作"我的白脸兄弟"。

"你要小心,不要告诉妈妈,"卡嘉跟松尼雅一起睡下,对松尼雅说,"沃洛嘉会从美洲给我们带来金子和象牙,要是你告诉妈妈,妈妈就不准他去了。"

圣诞节前一天,切切维曾整天看亚洲地图,做笔记,沃洛嘉呢,懒洋洋的,带着被黄蜂蜇过一般的浮肿的脸,闷闷不乐地在各处房间里走来走去,什么东西也吃不下去。有一次他甚至在儿童室里神像前面站住,在自己胸前画个十字,说:

"主啊,宽恕我这个罪人吧!主啊,求你保佑我那可怜的、不幸的妈妈!"

傍晚,他哭起来。临睡以前,他把他父亲、母亲、妹妹们拥抱了很久。卡嘉和松尼雅明白这是怎么回事,然而小妹妹玛霞一点也不明白,丝毫也不懂,只是一看见切切维曾,就沉思起来,叹口气说:

"妈妈说,到了斋期就得吃豌豆和小扁豆了。"

灯　光　集

圣诞节一清早,卡嘉和松尼雅悄悄从床上起来,去看两个男孩怎样跑到美洲去。她们偷偷溜到他们的房门口。

"那么你不去了?"切切维曾生气地问道,"你说呀,你不去了?"

"主啊!"沃洛嘉小声哭着说,"我怎么能去呢?我不忍心让妈妈难过。"

"我的白脸兄弟,我求求你,我们去吧!你本来口口声声说你去,你还怂恿我去,可是等到真要动身,你却胆怯了。"

"我……我不是胆怯,我不忍心让妈妈难过。"

"你说吧,你到底去不去?"

"我去,不过……不过你等一阵。我想在家里稍微多住一阵。"

"既是这样,我就一个人去!"切切维曾决定说,"没有你,我也可以去。你当初还说什么要去打老虎,打仗呢!既是这样,你把火帽给我!"

沃洛嘉哭得那么伤心,弄得两个妹妹也忍不住悄悄哭起来。接着就寂静无声了。

"那么你不去了?"切切维曾又问。

"我……我去。"

"那就穿衣服!"

切切维曾为了说服沃洛嘉,就极口称赞美洲多么好,学老虎那样咆哮,模仿轮船的轰隆轰隆声,辱骂他,可又答应把所有的象牙和所有的狮皮和虎皮都送给他。

两个姑娘觉得这个又瘦又黑、生着刚硬的头发和雀斑的男孩不平常,了不起。他是英雄,是英明果断、无所畏惧的人,咆哮起来凶得很,弄得站在门外的人真会以为里面有一头老虎或者狮子呢。

姑娘们回到自己的房间里穿衣服,卡嘉满眼的泪水,说:

"哎,我好害怕呀!"

家里本来平安无事,直到下午两点钟,大家坐下来吃午饭,才忽然发觉两个男孩都不在家。他们派人到下房、马厩去找,到总管住的厢房去找,两个男孩都不在。他们就派人到村子里去找,在那儿也没找到。后来,当大家喝茶的时候,男孩们也还没回来。等到大家坐下来吃晚饭,妈妈十分担心,甚至哭了。夜间他们又到村里去找,举着提灯到河边去找。上帝啊,惹起一场多大的乱子啊!

第二天,来了个警察,在饭厅里写一个公文。妈妈不住地哭泣。

可是后来,一辆平板雪橇停在大门口,三头白马冒出热气。

"沃洛嘉来了!"外面有人叫道。

"沃洛杰奇卡来了!"娜达丽雅喊着,跑进饭厅。

米洛尔德用低音吠着:"汪!汪!"原来两个男孩在城里逛商场,被人扣留了,因为他们在商场里打听哪儿能买到弹药。沃洛嘉一走进前堂就哭起来,搂住他母亲的脖子。两个姑娘浑身发抖,战战兢兢地想着不知会出什么事。她们听见爸爸把沃洛嘉和切切维曾带到书房去,在那儿跟他们谈了很久,妈妈也说话,而且哭泣。

"难道可以干这种事吗?"爸爸告诫他们说,"要是学校里知道了,就会把你们开除,求上帝保佑不发生这种事才好!您该害羞才对,切切维曾先生!这不好!您领的头,我希望您会受到您父母的惩罚。难道可以干这种事吗?你们是在哪儿过夜的?"

"在火车站!"切切维曾骄傲地回答说。

后来沃洛嘉在床上躺下,额头上放一块浸过醋的毛巾。家里派人去打电报,第二天来了位太太,就是切切维曾的母亲,她把儿子带走了。

切切维曾临走,脸色严厉而傲慢。他跟姑娘们告别的时候一句话也没说,光是拿过卡嘉的练习簿来,在那上面题词留念:

"芒提赫莫,鹰爪子。"

难处的人

叶夫格拉甫·伊凡诺维奇·希利亚耶夫是个小地主,出身于教士家庭(他去世的父亲姚安神甫得到过将军夫人库甫欣尼科娃馈赠的一百多俄亩土地)。这时候他正站在墙角上一个铜脸盆跟前洗手。他的神色照例焦虑而阴沉,胡子乱蓬蓬的,没梳理整齐。

"哼,这是什么天气!"他说,"这不是天气,简直是主的惩罚。又下雨了!"

他不住抱怨,他家里的人却坐在桌子旁边,等着他洗完手好开始吃饭。他的妻子费多霞·谢敏诺芙娜、在大学读书的儿子彼得、大女儿瓦尔瓦拉和三个小男孩已经在桌旁坐定,等他很久了。那些男孩,柯尔卡、万卡和阿尔希普卡,都生着翘鼻子,肮里肮脏,脸蛋胖乎乎的,满头的硬发已经很久没有剪过,这时候他们不耐烦地挪动着椅子。至于那些大人,却坐着不动,显然,吃饭也罢,等着也罢,他们觉得都无所谓。……

希利亚耶夫仿佛要锻炼他们的耐性似的,自顾慢吞吞地擦干手,慢吞吞地祷告,不慌不忙地在桌旁坐下。白菜汤立刻端上来了。院子里传来木工斧子的劈砍声(希利亚耶夫家里在盖新板棚)和工人福木卡逗弄雄火鸡的笑声。稀疏的大雨点敲打着窗玻璃。

大学生彼得戴着眼镜,背有点驼,这时候吃着白菜汤,时不时地跟母亲互相看一眼。他有好几次放下汤匙,嗽喉咙,打算开口讲话,可是定睛看一下父亲,就又埋头吃菜汤了。最后,等到麦粥端上来,他才果断地嗽一下喉咙,说道:

"我今天得乘晚班火车动身。我早就该走了,现在走,已经耽误了两个星期。九月一日就要开课!"

"那你就动身吧,"希利亚耶夫同意说,"何必在这儿再待下去呢?干脆动身吧,上帝保佑你。"

在沉默中过了一分钟。

"他要路费,叶夫格拉甫·伊凡内奇……"母亲轻声说。

"路费?是啊!没有钱走不成。既要钱用,现在就拿去吧。你早就该来拿了!"

大学生轻松地吐了口气,快活地跟母亲互相看一眼。希利亚耶夫不慌不忙,从上衣的里边口袋里取出钱夹,戴上眼镜。

"你要多少?"他问。

"单是到莫斯科的车票钱,就要十一卢布四十二戈比。……"

"哎,钱啊,钱啊!"父亲叹道(他一见到钱,总要叹气,哪怕收到钱也如此),"喏,这是十二卢布。这里头,孩子,还有点零头,你可以留着路上用。"

"谢谢您。"

过了一会儿,大学生说:

"去年我没有一下子找到教家馆的工作。我不知道今年会怎么样,多半也不会很快找到的。我想请您给我十五卢布的膳宿费。"

希利亚耶夫想了一会儿,叹口气。

"给你十卢布也就够了,"他说,"喏,拿去!"

大学生道谢。本来还应当要点钱做衣服,缴学费,买书本,可是他定睛瞧一瞧父亲,决定不再麻烦他了。然而母亲却像所有的母亲那样不识趣,不慎重,忍不住说:

"你,叶夫格拉甫·伊凡内奇,应该再给他六卢布买双皮靴。是啊,你瞧,他穿着这样的破鞋怎么好到莫斯科去呢?"

"让他穿我的旧靴子吧。其实那双靴子还新着。"

"至少也该给他点钱买一条长裤。他那样子,看着都丢脸。……"

这以后就立刻出现了全家一见都要发抖的风暴信号:希利亚耶夫的短而肥的脖子突然发红,变得跟大红布一样。这种红晕慢慢蔓延到耳朵,再从耳朵扩展到鬓角上,渐渐布满整个脸。叶夫格拉甫·伊凡内奇在椅子上扭动身子,解开衬衫领子,免得透不过气来。看得出来,他在跟那种控制着他的感情斗争。死一般的沉寂来临。孩子们屏住呼吸。可是费多霞·谢敏诺芙娜仿佛不明白她丈夫起了变化似的,继续说:

"要知道他已经不是小孩子了。他穿得太差,觉得难为情了。"

希利亚耶夫突然跳起来,用尽力气拿他的厚钱夹往桌子正中一扔,把盘子上一块面包碰飞了。他脸上现出难看的表情:又是愤怒,又是委屈,又是贪婪,混杂在一起。

"都拿走就是!"他叫道,嗓音都变了,"你们把我的钱都抢去!都拿走!把我掐死算了!"

他从桌旁跑开,抱住头,跟跟跄跄,满房间跑来跑去。

"你们把我剥得一丝不挂吧!"他尖声叫道,"把我最后一滴血挤出去!抢光我的钱!勒紧我的脖子,掐死我算了!"

大学生涨红脸,低下眼睛。他再也吃不下去了。费多霞·谢敏诺芙娜和丈夫相处了二十五年,但是对他的坏脾气还没习惯,这时候,她把身子缩成一团,嘴里嘟哝着什么,极力为自己辩白。她那张鸟一般的瘦脸,素来神色呆板而惊恐,如今却换成惊愕,吓呆了。那几个男孩和大女儿瓦尔瓦拉,一个脸色苍白、相貌不美的年轻姑娘,都放下汤匙,直僵僵地坐着。

希利亚耶夫却越来越凶,说出来的话一句比一句吓人。他跑到桌子跟前,把钱夹里的钱一股脑儿抖搂出来。

"拿去!"他唠唠叨叨,周身发抖,"你们吃饱了,喝足了,喏,还有钱给你们用。我什么也不要!你们去做新皮靴、新制服就是!"

大学生脸色煞白,站起来。

"您听我说,爸爸,"他开口说,上气不接下气,"我……我请求您不要这样,因为……"

"闭嘴!"父亲对他大喝一声,声音那么响,连他的眼镜都从鼻子上掉下来了,"闭上你的嘴!"

"以前我……我还能容忍这种大吵大闹的场面,可是……现在我受不下去。您要明白!我受不下去了!"

"闭嘴!"父亲顿着脚,嚷道,"我说什么,你就得听什么!我想说什么就说什么,不准你还嘴!我在你这种年纪已经挣钱了,可是你这个混蛋,你知道你叫我花了多少钱吗?我把你赶出去!寄生虫!"

"叶夫格拉甫·伊凡内奇,"费多霞·谢敏诺芙娜嘟哝说,急得手指头不住动弹,"要知道他……要知道彼佳……"

"闭嘴!"希利亚耶夫对她吆喝一声,甚至气得眼睛里涌上了泪水,"这都是你把他们惯坏的!你!全怪你!他不敬重我们,不祷告上帝,不挣钱!你们十个人合成一伙,专跟我一个人作对。我把你们统统从家里撵出去!"

大女儿瓦尔瓦拉张开嘴,久久地瞧着母亲,后来把呆瞪瞪的眼光移到窗子上,脸色发白,大叫一声,头往后仰,身子倒在椅背上。父亲挥一下手,吐口唾沫,跑到院子里去了。

希利亚耶夫家的这种家庭戏剧照例是这样结束的。然而这一回,不幸,一种无法克制的愤恨突然紧紧地抓住了大学生彼得。他也性子暴,脾气坏,跟他父亲和祖父一样,他祖父做过大司祭,常用手杖敲教民的头。他脸色煞白,捏紧拳头,走到母亲跟前,把他的男高音提到无可再高的程度,嚷道:

"这种责难惹得我讨厌,恶心!你们的钱我一个也不要!一个也不要!我宁可活活饿死,也不愿意再吃你们一块面包皮!喏,把你们的臭钱拿回去!拿去!"

母亲把身子贴住墙,摇着手,仿佛她面前站着的不是儿子,而是妖怪似的。

"我有什么错处呀?"她哭着说,"我有什么错处呀?"

儿子也像父亲那样挥一下手,跑到院子里去了。希利亚耶夫的房子孤零零地坐落在山沟旁边,那条山沟蜿蜒不断,在草原上伸出大约五俄里远。沟边上生满小橡树和赤杨,沟底有一条小溪流过去。房子有一边朝着山沟,另一边对着旷野。房子四周没有围墙和篱笆,只有各式各样的建筑,彼此挤紧,在房子前面圈出不大的一块空地,算是院子,有些鸡鸭和猪在那儿走来走去。

大学生走到外边,顺着一条泥泞的道路往野外走去。空中弥漫着秋天那种寒冷刺骨的潮气。道路泥泞,这儿那儿有些小水洼闪着光。枯黄的旷野上,秋天正从草地里向外张望,显出一派萧索、衰败、暗淡的气象。道路右边是一片菜园,菜已经割完,地里坑洼不平,景色冷清,零零落落地立着些向日葵,垂着颜色已经发黑的头。

彼得暗想,索性步行到莫斯科去,而且就照眼前这样,不戴帽子,穿着破靴,身边分文没有,一路走去,倒也不坏。等他走出一百俄里远,他父亲就会蓬松着头发、惊恐万状地追上他,央求他回去或者收下钱,可是他连看也不看他一眼,只顾往前走去。……光秃的树木会换成荒凉的旷野,旷野后面就是树林。不久就会下头一场雪,大地变白,河面上结冰。……到了库尔斯克或者谢尔普霍夫附近,他已经衰弱无力,饿得要命,就会在一个什么地方倒下,死了。人们会发现他的尸首,各报就登出消息,说某大学生在某地饿死了。……

有一只白狗,尾巴上粘着泥,在菜园里徘徊,找东西吃,这时候瞧他一阵,就缓缓地跟着他走去。……

他顺着道路往前走,想着他的死亡,想着亲人的悲伤,想着父亲精神上的痛苦,于是他幻想各式各样的旅途奇遇,一个比一个离奇,例如山清水秀的名胜、可怕的夜晚、意外的相逢。他想象络绎不绝的香客,想象树林里的小屋,只有一扇小窗子在黑暗里亮着灯光,他就在小窗跟前站住,央求放他进去过夜……人家就让他进去,不料他看见一伙强盗。或者,局面好一点,他走进一个地主的大宅子,人家问明他是什么人,就招待他吃饱喝足,为他弹钢琴,听他诉苦,于是主人的美丽的女儿爱上他了。

年轻的希利亚耶夫满心愁闷,浮想联翩,一步也不停地往前走。……前边,很远很远的地方,有一家客栈,背衬着灰色的浮云,看去发黑。过了那家客栈,再往远看,地平线上有个小小的高岗,那就是铁路的车站。高岗使他想起他当前所在的地方和莫斯科之间的联系,想起莫斯科点着路灯,车水马龙,大学开始上课了。他又愁又急,差点哭出来。眼前庄严的景物整齐而美丽,四下里,万籁俱寂,这却惹得他万分反感,心里又绝望又憎恨!

"小心!"他听见身后传来嘹亮的说话声。

一个他熟识的老女地主,坐着一辆漂亮的轻便敞篷马车,走过他面前。他向她点头,满面笑容。他立刻觉得自己在笑,这跟他的阴郁心境却完全不相称。既然他满心烦恼和愁闷,这微笑是从哪儿来的呢?

他暗想,多半是大自然本身赐给人类这种做假的本领,以便人在心灵紧张的困难时刻也能掩盖自己家里的秘密,就跟狐狸或者野鸭一样。每个家庭都有各自的欢乐和悲苦,然而不论这种悲欢多么重大,外人的眼睛却难于看清,这是秘密。例如刚才路过的女地主,她的父亲获罪于沙皇尼古拉,沙皇盛怒之下,使他受了半世的苦;她的丈夫是个赌徒,四个儿子没有一个成材的。可以想象,她家里发生过多少可怕的场面,流过多少眼泪啊。话虽如此,老太婆却显得幸福,满足,见他微笑就也以微笑相报。大学生想起他的同学们都不乐意讲自己的家庭,想起他的母亲每逢讲到丈夫和儿女,几乎总是说假话。……

直到天黑为止,彼得始终顺着道路走着,离家很远,沉湎在闷闷不乐的思想里。后来下起蒙蒙细雨,他才走回家去。回家的路上,他决定无论如何也要同父亲谈一下,干脆向他说明:同他一起生活是难堪而可怕的。

他走到家里,发现那儿一片寂静。妹妹瓦尔瓦拉在隔板后面躺着,由于头痛而发出轻微的呻吟声。母亲带着惊愕而负疚的脸色在她旁边一口木箱上坐着,补阿尔希普卡的裤子。叶夫格拉甫·伊凡内奇从这个窗口走到那个窗口,对着天气皱眉头。凭他的步态,凭他的咳嗽声,甚至凭他的后脑勺,都可以看出他觉得自己不对。

"那么你不打算今天走了?"他问。

大学生觉得可怜他了,可是他立刻压下这种感情,说:

"您听我说。……我要认真跟您谈一谈。……是的,认真谈一谈。……我素来敬重您,从来也不敢用这种口气跟您讲话,可是您的行为……最近的举动……"

父亲瞧着窗外,一声不响。大学生仿佛在考虑措辞似的擦着额头,极其激动地接着说:

"您没有一回吃饭或者喝茶不大闹一场的。您的面包卡在大家的喉咙里,叫人咽不下去。……人家吃您一点面包,您就随口骂人,再也没有比这更伤人、更欺压人的了。……您虽然是父亲,可是不论什么人,上帝也罢,大自然也罢,都没有给您权利这么恶狠狠地侮辱弱者,欺压弱者,朝弱者发泄您的坏脾气。您折磨母亲,害得她战战兢兢,唯命是从,妹妹已经吓破了胆,而我……"

"你没有资格教训我。"父亲说。

"不,我偏要管!您尽可以嘲骂我,爱怎么嘲骂都由您,可就是不准您碰母亲!我不容许您折磨母亲!"大学生继续说,两只眼睛亮闪闪的,"您让大家纵容坏了,因为至今还没有一个人敢顶撞您。大家在您面前都发抖,不敢开口,可是现在这个局面结束了!粗暴而没有教养的人！您粗暴……明白吗？您粗暴，难于相处，铁石心肠！连农民都受不了您！"

大学生已经失掉思路。他不是在讲话，却像是吐出一个个互不相干的字眼。叶夫格拉甫·伊凡诺维奇听着，一言不发，好像愣住了。可是突然，他脖子通红，这颜色爬满整个脸，他的身子动了一下。

"闭嘴！"他嚷道。

"好哇！"儿子却不肯罢休，"您不喜欢听真话？好得很！行啊！您自管嚷吧！好得很！"

"闭嘴，我跟你说！"叶夫格拉甫·伊凡诺维奇大吼一声。

费多霞·谢敏诺芙娜在门口出现了，脸色惨白，十分惊慌。她想说一句什么话，可又说不出来，光是动着手指头。

"这得怪你！"希利亚耶夫对她嚷道，"这都是你把他宠成这个样子的！"

"我不愿意再在这个家里过下去！"大学生嚷道，

哭起来,气愤地瞧着母亲,"我不愿意跟你们一起生活!"

女儿瓦尔瓦拉在屏风后面大叫一声,哇哇地痛哭。希利亚耶夫挥一下手,跑出房外去了。

大学生走回自己的房间,静悄悄地躺下。他一直躺到午夜,动也不动,也不睁开眼睛。他既没感到愤恨,也不感到羞愧,只有那么一种模模糊糊的精神痛苦。他不怪罪父亲,也不怜悯母亲,更没受到自己良心的责备。他明白全家人都在经受那样的痛苦,至于这该由谁负责,谁痛苦得重些,谁痛苦得轻些,那就只有上帝知道了。……

到午夜,他叫醒一个长工,吩咐他早晨五点钟以前备好到火车站去的马匹。然后他脱掉衣服,盖好被子,可是总也睡不着。他听见父亲没有睡觉,慢腾腾地从这个窗口踱到那个窗口,唉声叹气,一直熬到清晨。谁都没有睡觉,大家难得讲话,只是偶尔有唧唧私语声。他母亲两次走到屏风后面来看他。她仍然现出原来那种惊呆的神情,久久地在他胸前画十字,心神不宁地颤抖。……

早晨五点钟,大学生温柔地跟全家人告别,甚至哭了一阵。他走过父亲的房间,往门里看一眼。叶夫格拉甫·伊凡诺维奇没脱衣服,至今还没有睡下,仍然站在窗前,手指敲着窗玻璃。

"再见,我走了。"儿子说。

"再见……钱在小圆桌上……"父亲没有回转身来,回答说。

长工赶着马车把他送到火车站去,天上下着寒冷而讨厌的雨。向日葵把头弯得越发低,杂草也显得越发黑了。

识别上方二维码

免费收听契诃夫小说精彩片段